Antonio
Ruiz-Camacho

Denn
sie
sterben
✣ jung

Antonio
Ruiz-Camacho

Denn
sie
sterben
✣ jung

Stories

Aus dem Englischen
von Johann Christoph Maass

C.H.Beck

Titel der amerikanischen Ausgabe:
Barefoot Dogs
Copyright © 2015 by Antonio Ruiz-Camacho
All Rights Reserved.
Published by arrangement with the original publisher,
Scribner, a Division of Simon & Schuster, Inc.

Für die deutsche Ausgabe
© Verlag C.H.Beck oHG, München 2018
Satz: Fotosatz Amann, Memmingen
Umschlaggestaltung: Geviert, Grafik & Typografie, Christian Otto
Umschlagabbildung: unter Verwendung von Motiven von
shutterstock
Druck und Bindung: CPI – Ebner & Spiegel, Ulm
Gedruckt auf alterungsbeständigem, säurefreiem Papier
(hergestellt aus chlorfrei gebleichtem Zellstoff)
Printed in Germany
ISBN 978 3 406 72527 2

www.chbeck.de

Für Valentina
Für Emiliano und Guillermo

Inhaltsverzeichnis

Stammbaum der Familie Arteaga

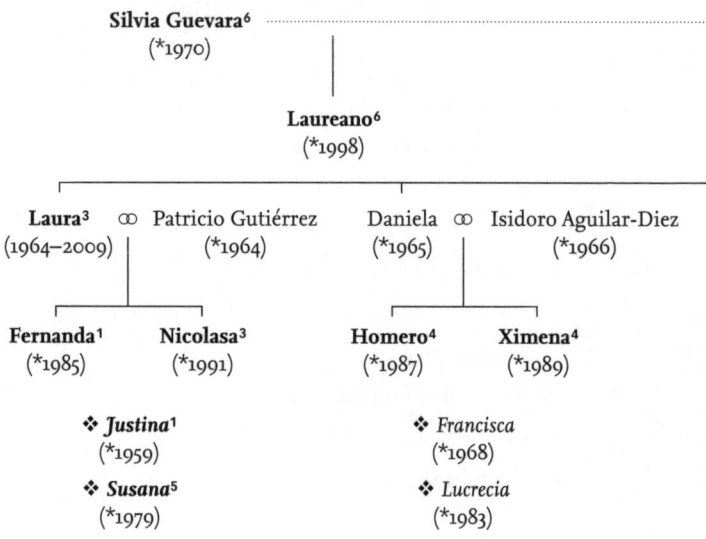

Silvia Guevara[6]
(*1970)

Laureano[6]
(*1998)

Laura[3]   ∞   Patricio Gutiérrez
(1964–2009)   (*1964)

Daniela   ∞   Isidoro Aguilar-Diez
(*1965)   (*1966)

Fernanda[1]   **Nicolasa**[3]
(*1985)   (*1991)

Homero[4]   **Ximena**[4]
(*1987)   (*1989)

❖ *Justina*[1]
(*1959)

❖ *Francisca*
(*1968)

❖ *Susana*[5]
(*1979)

❖ *Lucrecia*
(*1983)

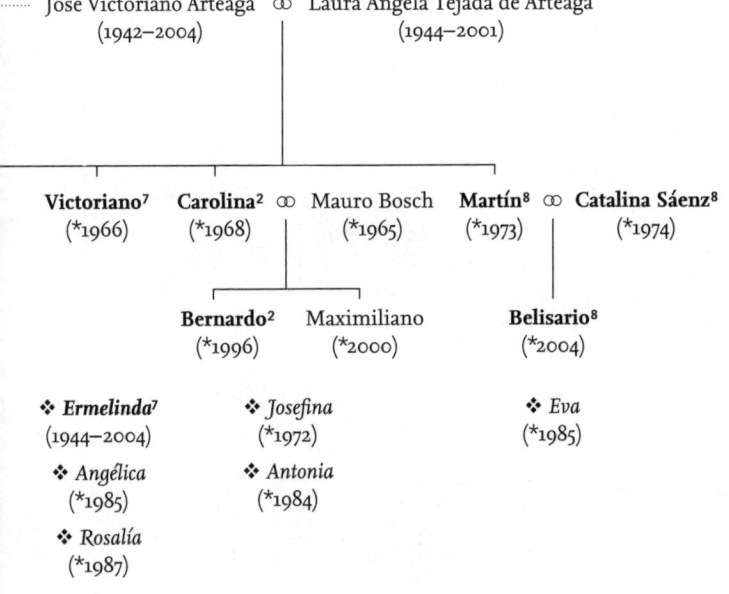

José Victoriano Arteaga ∞ Laura Angela Tejada de Arteaga
(1942–2004)　　　　　　　(1944–2001)

Victoriano[7]　**Carolina**[2] ∞ Mauro Bosch　**Martín**[8] ∞ **Catalina Sáenz**[8]
(*1966)　　(*1968)　　(*1965)　　(*1973)　　(*1974)

Bernardo[2]　Maximiliano　**Belisario**[8]
(*1996)　　(*2000)　　(*2004)

❖ *Ermelinda*[7]　❖ *Josefina*　❖ *Eva*
(1944–2004)　　(*1972)　　(*1985)

❖ *Angélica*　❖ *Antonia*
(*1985)　　(*1984)

❖ *Rosalía*
(*1987)

❖	*Bedienstete*	
1–8	**Handelnde Figuren**	
	1	Schon alles Wahnsinn …
	2	Okie
	3	Trockenpflaumen aus Pappmaché
	4	Ich balle meine Hände zu Fäusten …
	5	Rotwilde
	6	Besserer Breitengrad
	7	Ihren Duft zuerst
	8	Barfußhunde

Unsere Schulbücher behaupteten: Auf der Karte sehe
Mexiko ja wie ein Füllhorn aus, ein überfließendes Horn ...
Ohne genauer zu erläutern, wie das zu realisieren sei,
wurde eine Zukunft des Reichtums und allgemeinen
Wohlstands prognostiziert. Saubere Städte ohne soziale
Ungerechtigkeit, Armut, Gewalt, Verkehrschaos oder Müll.
Ein ultramodernes und aerodynamisches (Begriffe jener
Zeit) Haus für jede Familie. Alle würden wunschlos
glücklich sein. Die Arbeit würden Maschinen erledigen.
Auf den Straßen, voller Bäume und Springbrunnen, würden
geräuschlose und abgasfreie Fahrzeuge fahren, die niemals
zusammenstießen. Das Paradies auf Erden. Utopia wäre
endlich entdeckt.

José Emilio Pacheco, *Kämpfe in der Wüste*

Schon alles Wahnsinn
bevor überhaupt Frühling ist

Es ist das Jahr, in dem alle den Sommer in Italien verbringen wollen. Tammy und Sash werden in Florenz bei einem Fotoworkshop mitmachen, Jen unternimmt mit ihrer Familie eine Mittelmeerkreuzfahrt, und meine wird ein Haus in der Toskana mieten. Wir haben bereits Pläne geschmiedet, uns für ein paar Tage in Mailand zu treffen und vielleicht nach Portofino zu fahren und dort noch ein oder zwei Tage zu verbringen – italienische Autobahnen sind die besten, haben wir gehört, und niemand schert sich dort um Geschwindigkeitsbegrenzungen, genauso wie hier, aber die Straßen sind nicht so schlecht, weswegen alle sich einig sind, dass das Wahnsinn werden wird. Noch bevor überhaupt Frühling ist, treffen wir uns bereits einmal in der Woche bei Klein's in der Avenida Masaryk mit dieser wunderschönen Frau mittleren Alters aus Genua zum Konversationsunterricht und Cappuccinotrinken, die ich als Giovanna erinnere, aber ich bin sicher, sie hieß anders. Sie sieht wie Diane von Fürstenberg in ihren besten Jahren aus, ist bloß viel weniger kostspielig gekleidet. Sie ist in Mexiko gelandet, weil sie in Cancún irgendeinen Typen kennengelernt hat, und seitdem versucht sie hier ihren Lebensunterhalt zu verdienen, indem sie ausländischen Führungskräften Italienisch und jede andere

Sprache beibringt, sie ist nämlich eine Polyglotte. Immer wenn wir während der Stunde mal eine Pause machen wollen, bitten wir sie, uns Geschichten von ihren anderen Studenten zu erzählen – sie ist nämlich auch eine begeisterte Geschichtenerzählerin und kann stundenlang ohne Pause reden und kommt dabei mit den wildesten Anekdoten um die Ecke. Meine Erinnerungen an jenes Jahr haben bereits zu verschwimmen begonnen, und ich kann mich nur noch an die Geschichte von der dänischen Managerin entsinnen, die Konversationsunterricht in Englisch nimmt und einen knarzenden, grauenhaften Akzent ausprägt, erzählt unsere Lehrerin, während sie mit ihren abgespreizten Fingern über unseren Cappuccinotassen herumwirbelt, als wären es lodernde Holzscheite und als versuche sie, sie in glühende Kohlen zu verwandeln. Pluralbildung und unregelmäßige Verben treiben die arme Dänin in den Wahnsinn, erklärt Diane – nennen wir die italienische Polyglotte so – mit einem Stirnrunzeln, das ihren frischen Gesichtszügen ein eher abgenutztes als besonders intellektuelles Aussehen verleiht. Jedes Mal also, wenn Diane sie darum bittet, ihre morgendliche Routine zu beschreiben, sagt die Dänin: «Well, firrst ting rright out of my bet, I torouffly wash my teets.»

Es ist das Jahr, in dem wir ausschließlich Italien im Kopf haben, weshalb wir jeden Donnerstagabend nach dem Italienischunterricht bei Mixup einfallen und uns durch die «Musik aus aller Welt»-Abteilung wühlen, auf der Suche nach CDs von italienischen Popsängern, ganz so, als wären wir britische Schulmädchen und die wahren

Namen der Beatles Umberto Tozzi, Gianluca Grignani, Claudio Baglioni und Zucchero. Wir kaufen jeden italienischen Song, den wir finden, von Lucio Dallas' Nummer-Eins-Hits bis hin zu Laura Pausinis neuesten Sachen – von ihr kaufen wir aber nur die Alben auf Italienisch und tun so, als wüssten wir von der himmelschreienden Tatsache nichts, dass ihre spanischen Songs genauso Mainstream sind wie die von Luis Miguel –, und verbringen an den Wochenenden bei Sash oder Tammy Stunden damit, schnulzige Texte auswendig zu lernen, an unserem Akzent zu feilen und von Mailand zu träumen. Es ist das Jahr, in dem wir uns alle Fellini-Filme aus der Unibibliothek ausleihen und so häufig *Il Postino*, *La Vita è Bella* und *Cinema Paradiso* anschauen, dass wir Szenen aus den Filmen nachspielen können, um vier Uhr morgens auf den Gehsteigen des Paseo de la Reforma, wenn wir nach dem Feiern aus dem Bulldog kommen, wo wir mit Wodka Tonics in der Hand auf dem Tisch getanzt haben, lippensynchron bei No Doubts «It's my Life», Outkasts «Hey Ya!» oder Nirvanas Klassiker «Smells Like Teen Spirit» mitgesungen haben und dabei dachten, wie billig und stillos die Songs doch waren, wie unbedeutend sie klangen im Vergleich mit der subtilen, honigsüßen Grandezza von Fiordalisos «Non Voglio Mica La Luna».

Es ist das Jahr, in dem wir alle Praktika bei Museen irgendwo in der Stadt machen, weil wir davon träumen, nach dem College Künstler zu werden. Sash und Tammy kommen beim Centro de La Imagen unter und Jen beim Museo de Arte Moderne, aber ich lande den Volltreffer, lande beim Antiguo Colegio de San Ildefonso, helfe dabei, die erste Einzelausstellung von David Hockney in Mexiko zu kuratieren, was mehr als Wahnsinn ist und meine drei überwältigten Freunde vor Neid erblassen lässt. Ich gebe mächtig an mit meinem Job, obwohl ich während der zehn Stunden wöchentlich nichts weiter tue als Einladungen zur Eröffnung zu verschicken, kistenweise Broschüren zu ziegeldicken Stapeln zu arrangieren, Dokumente nach Übersee zu faxen und superschwere Lattenkisten ins Lager zu schleppen – mühsame und anstrengende Aufgaben, wie ich sie bisher noch nie hatte erledigen müssen, die mir in ihrer Neuartigkeit aber aufregend und wichtig erscheinen. Ich habe das Gefühl, als trüge ich Hockneys Nachwelt auf den Schultern, als hinge sein Erfolg in Mexiko allein von mir ab. Ich bekomme einen Eindruck davon, wie sich die eigentliche Stadt anfühlt, und ich denke, dass sie nicht so schlecht ist, wie sie äußerlich den Eindruck erweckt.

Es ist das Jahr, in dem ich neunzehn bin. Es ist das Jahr, in dem sich das Leben für uns verändern wird, aber davon wissen wir noch nichts.

Es ist das Jahr, in dem wir Leute kennenlernen, die nicht in denselben Vierteln wohnen wie wir, in Polanco, Lomas, Tecamachalco. Es ist das Jahr, in dem wir richtige Künstler kennenlernen, die Ateliers in gefährlichen Gegenden auf der anderen Seite der Stadt anmieten, und auch das Jahr, in dem wir zu Historikern, Anthropologen, Performancekünstlern und Verlegern Kontakte knüpfen, die von Gehaltsscheck zu Gehaltsscheck leben und keine Autos besitzen; faszinierende, glamouröse Menschen, die

U-Bahn fahren und Taxen nehmen. Es ist eine neue und unerkundete Welt innerhalb derselben Stadt, in der wir geboren wurden und immer gelebt haben, und jedes Mal, wenn wir in sie eintauchen, haben wir das Gefühl, als überwänden wir einen unsichtbaren Zaun, als würden wir unerlaubterweise in einen verbotenen Bereich unserer selbst eindringen: chaotischer, wilder, sexyer.

Während wir uns unter die Ureinwohner dieser anderen Stadt mischen, erfahren wir, dass es auch das Jahr ist, in dem alle über Entführungen reden; die Panikwelle der späten Neunziger sei mit voller Wucht zurückgekehrt, verkünden sie. Alle erzählen einander die Geschichten, die sie gehört haben, blutrünstige Details darüber, was diesem oder jenem Freund widerfahren sei, als er zum letzten Mal ein Taxi genommen hatte. Auf einer Party in einem leerstehenden Gebäude hinter der Kathedrale von Mexico City erzählt der Co-Kurator für neuspanische Kunst am Museo de la Ciudad de México die noch ganz frische Geschichte einer engen Freundin: Es ist gegen neun Uhr abends, und die Frau, eine junge Fotografin, die gerade aus der Sierra Tarahumara zurückgekommen war, wo sie an einem Multimedia-Projekt gearbeitet hatte, das bei der Art Basel vorgestellt werden soll, hält ein Taxi an, einen kleinen grünweißen Käfer, an der Ecke Álvaro Obregón und Frontera, und bittet den Fahrer, sie zur Barracuda Bar zu fahren, «die am España-Park», präzisiert sie. Ein Freund von ihr feiere dort seinen Geburtstag – tatsächlich just der Kurator, der die Geschichte erzählt –, erklärt sie dem Fahrer gutgelaunt. Der Typ fädelt sich resolut in den Verkehr ein

17

und heuchelt Interesse an dem, was sie erzählt, hält dann aber nach nur einem Block an einer Ampel an, wo zwei fette Typen zusteigen und den wenigen Platz auf dem Rücksitz rechts und links von ihr ausfüllen.

«Meine Freundin hat noch gar nicht begriffen, was vor sich geht, als diese Arschlöcher plötzlich beginnen, sie zusammenzuschlagen», sagt der Kurator, «ihren Oberkörper und ihr Gesicht mit Fäusten traktieren, als würden sie ein Kissen glätten, so, wie man es macht, bevor man sich schlafen legt. Als Nächstes drehen sie mit ihr eine Runde, klappern Geldautomaten ab, zwingen sie, so viel Bargeld abzuheben wie möglich, drücken ihr dabei ein Messer unten an den Rücken, bis sie bei den drei Karten, die sie in ihrer Handtasche hat, das Tageslimit erreicht. Der Typ am Steuer meint, sie müssten jetzt bis Mitternacht warten, bevor sie weitermachen könnten, und so lange fahren sie meine Freundin durch Colonia Roma und Colonia Doctores, bloß zum Zeitvertreib, hören alte Ranchera-Musik, pfeifen bei den rostigen Weisen mit, die aus den Lautsprechern plärren», sagt der Kurator. «Dann sagt einer der anderen Typen irgendwas wie: ‹Ich bin übel am Verhungern, Jungs, ihr nicht?› Und so halten sie an einem Stand mit Tacos Sudados, um etwas zu essen. Der Hungrige nimmt von allen die Bestellung auf, außer von meiner Freundin», sagt der Kurator, «und steigt dann aus, um das Essen zu holen, während die anderen beiden sitzen bleiben, sie bewachen und aufpassen, dass sie nicht abhaut. Der Hungrige kommt zurück, in der einen Hand einen Haufen Tacos, verpackt in braunem Papier, von der anderen baumeln drei Flaschen Coca-Cola», sagt der Kurator, und ich kann mir die Szene gut vorstellen, das Geräusch, wie die Limoflaschen auf entnervende Weise gegeneinanderklirren. «Der Fahrer ordnet sich wieder in das Verkehrschaos ein, und die drei Arschlöcher essen zu Abend, während sie durch die Straßen gondeln», fährt der Kurator fort, «diese drei Schweine und meine Freundin in diesem kleinen Käfer-Taxi zusammengepfercht, das nach durchgeweichten Tacos und Schweineschweiß stinkt. Sie essen zu Ende, aber noch ist es nicht Mitternacht, und ihnen wird langsam langweilig. Ein paar Minuten später meint also einer: ‹Hey, Jungs, es gab ja gar keinen Nachtisch! Wie wär's, wenn wir stattdessen alle die kleine Schlampe hier ficken?› Die drei gucken sie sich an, so als wollten sie prüfen, ob sich die Mühe überhaupt lohnt. ‹Ach, nee, so heiß ist die ja nun nicht›, meint der Fahrer, aber sie haben bis Mitternacht nichts anderes zu tun, weshalb sie sich am Ende doch alle dafür entscheiden», sagt der Kurator mit brüchiger Stimme. Er muss eine Pause machen, er sieht erschüttert aus, so als sei er nicht in der Lage, die Geschichte weiterzuerzählen, und alle um ihn herum schauen ihn schweigend mit großen Augen an und denken, das muss doch ein Witz sein, oder?, und ich habe ein komisches Gefühl, weil die Geschichte dermaßen fürchterlich ist, dass sie einfach nicht stimmen kann, aber ich begreife, dass so was wohl Bestandteil des realen Lebens in der Stadt ist, und das gibt mir das Gefühl, erwachsen zu sein und wild und unabhängig. Ich schaue zu Jen und Tammy und Sash hinüber, die ebenfalls zuhören, und erkenne die widersprüchlichen Reaktionen in ihren Augen: Faszination, Entsetzen und Ungläubigkeit.

«Sie fahren weiter, dem Augenschein nach hinein nach Colonia Portales, und parken dort irgendwo in einer unbeleuchteten Straße», fährt der Kurator schließlich fort, «und wechseln sich ab und nehmen sie als Nachtisch. Irgendwann ist dann Mitternacht, und sie setzen die Pilgerfahrt zu den Geldautomaten fort, aber die Kredit- und Bankkarten meiner Freundin sind allesamt ausgeschöpft, wie gleich der erste Versuch zeigt, und Wut überkommt sie. ‹Du bist scheiße noch mal pleite, du Hure?›, brüllt sie der Fahrer an.» Der Kurator sagt, seine Freundin antworte nicht, weil sie zu dem Zeitpunkt verstanden habe, dass sich durch Weinen oder Betteln nichts verändern werde. Sie möchte gern glauben, es gebe da nichts mehr, was die ihr nehmen könnten. «Sie fahren irgendwo in der Nähe der Metrostation Eje Central rechts ran, und sie scheint damit richtigzuliegen, denn sie lassen die Tür des Taxis aufschwingen und werfen sie auf den Gehsteig. Sie liegt bereits am Boden, als einer von ihnen aus dem Taxi steigt, seinen Reißverschluss öffnet und auf sie pisst. Sie kann sich nicht daran erinnern, in dem Moment irgendetwas empfunden zu haben», sagt der Kurator – alle um ihn herum, mich eingeschlossen, sehen ihn jetzt an und haben Tränen in den Augen –, «sie hört bloß, wie sich die anderen Arschlöcher kaputtlachen, im Taxi johlen und ihn anfeuern. Als der Typ fertig ist, geht er neben ihr in die Hocke und flüstert ihr ins Ohr: ‹Deine Brieftasche behalten wir mal, Fotze, falls wir also demnächst mal Lust haben, dich zu besuchen, wissen wir, wo du wohnst.› Er steigt wieder ins Taxi, und sie beobachtet aus dem Augenwinkel, wie der Käfer immer kleiner wird. Und nun kommt das wohl Schlimmste an der Sache», sagt der Kurator. «Als sie sie so in der Nacht verschwinden sieht, überkommt sie ein Entzücken, wie sie es noch nie erlebt hat.»

Es ist das Jahr, in dem uns auffällt, dass wir noch nie U-Bahn oder Taxi gefahren sind. Zumindest nicht in Mexiko. In Städten wie Paris oder New York schon, auf Ferienreisen. Ich sei schon in London, Frankfurt und San Francisco Taxi gefahren, erzähle ich Jen, Tammy und Sash, während wir Jovanottis CD *Il Quinto Mondo* anhören, die auf Sashs Bose-Anlage läuft. Tammy ergänzt, sie sei vorvorletzten Sommer in Tokio mit ihren Eltern Taxi und U-Bahn gefahren und die Taxen dort seien die allerbesten. Jen war nach ihrem Highschool-Abschluss ebenfalls in Tokio und pflichtet ihr bei. «Ich habe auch beides gemacht. Die Tokioter U-Bahn ist total sauber», betont sie, «und die Taxifahrer tragen Handschuhe; sie haben mich an die Hotelpagen im Plaza erinnert. Total schick!» Sash unterbricht und bemerkt, dass es in einigen U-Bahn-Stationen in Paris nach Pisse und Schweiß riecht, und wir nicken alle und rufen «Ja-a!», mit einem Ausdruck, der zugleich *Genau!* und *Igitt!* meint. Sie fügt hinzu, sie habe letzten Sommer in Barcelona eine ähnliche Erfahrung gemacht. Wir schauen einander an und gestehen ein, dass wir uns fragen, ob die U-Bahn in Mailand ebenfalls dreckig sein wird, und ein Teil meines Gehirns versucht zu verstehen, warum U-Bahnen in derart schönen Städten stinken müssen, aber dann sagt Jen: «Ich will gar nicht daran denken, wie die U-Bahn hier stinkt!», und wir alle johlen los: «Bääääh!», und lachen uns total kaputt.

Es ist Semesterende, und wir haben das Gefühl, der Juni komme in Riesenschritten auf uns zu. Wir werden ganz nervös bei dem Gedanken, noch nicht bereit zu sein für Italien. Der Sommer ist in Gefahr, aber Diane meint, es bestehe keinerlei Anlass zur Sorge, in den vergangenen Wochen hätten wir derart gute Fortschritte gemacht, wir würden uns super schlagen (wenn man bereits Spanisch und Französisch spricht, ist Italienisch ein Kinderspiel, sind wir uns alle einig an dem Abend, bevor Diane eintrifft, aber das sagen wir ihr natürlich nicht, weil wir sie nicht kränken wollen). Wir sprechen gerade über das Larousse-Buch über *coniugazione*, das Diane uns zu kaufen empfohlen hat, als Tammy sie fragt, ob sie in Mexico City je U-Bahn gefahren sei. Diane guckt sie ungläubig an. Dann sagt sie: «Ma che domanda è questa?», und ich erkläre ihr, wir hätten mitgekriegt, dass alle von Entführungen sprechen, und würden uns fragen, ob sie nun Angst habe, in dieser Stadt zu leben. Diane hält einen Moment lang inne, als denke sie ernsthaft über Tammys Frage nach, und antwortet dann, sie wisse nicht, ob sie Angst habe oder nicht, aber sie könne jetzt nirgendwo anders leben, weil Mexiko der Ort sei, wo sie die Liebe ihres Lebens gefunden habe.

Ein paar Wochen vergehen, und es ist eine der letzten Italienischstunden, bevor der Sommer anfängt. Es ist Ende Mai, und bald werden täglich Gewitter die Stadt heimsuchen. In der kommenden Woche werden wir uns zu einem Abschlussessen im La Cosa Nostra treffen, und Diane meint, sie werde uns alle vermissen, habe aber keinerlei Zweifel, dass wir den besten Italien-Sommer überhaupt haben werden. Die Stunde geht zu Ende, als sie uns fragt, ob einer von uns ihr eventuell einen Riesengefallen tun könne. «Es ist mir ein bisschen peinlich, danach zu fragen, aber ich glaube, ihr werdet Verständnis dafür haben», sagt sie. Sie wird ganz weich und zerbrechlich, die Züge ihres bemerkenswerten Gesichts zerknittern wie die eines Welpen, der Verzeihung erbittet. «Du kannst uns um alles bitten, Diane!», versichern wir ihr sowohl auf Italienisch wie auf Spanisch, vor Vorfreude jubelnd. Ich frage mich, ob das wohl heißt, dass wir zu guter Letzt doch noch etwas über Dianes Privatleben und den mysteriösen Liebhaber erfahren werden, für den sie ihrem Leben in Italien den Rücken gekehrt hat. Ich wundere mich, warum sie darauf beharrt, seine Identität vor uns geheim zu halten, und frage mich manchmal sogar, ob es ihn überhaupt gibt. Warum sollte sie sich, wo sie doch unter so vielen Metropolen wählen könnte, für Mexico City als Lebensmittelpunkt entscheiden? Sie lebte ausgerechnet in Mailand, als sie diesen Typen kennenlernte! Diane seufzt erleichtert und erzählt uns, ihre Mama lebe in Genua – tatsächlich nannte sie sie *madre*, aber das klang so spanisch, so gewöhnlich, dass ich mir lieber einrede, sie habe stattdessen *mamma* gesagt –, und sie habe sie, seit sie vor drei Jahren nach Mexiko gezogen sei, nicht mehr gesehen, und so gerne sie sie auch besuchen würde, glaube sie nicht, dass das in naher

Zukunft möglich sein werde. «Von *Lezione di conversazione* wird keiner reich», sagt sie, so als gestehe sie sich zum ersten Mal ein, dass ihr Leben doch nicht so glamourös ist, wie es den Anschein hat.

Dianes *mamma* hat vierzig Jahre lang als Vorstandsassistentin in der Genoveser Stadtverwaltung gearbeitet und ist nun im Ruhestand; sie lebt allein in einer winzigen Wohnung in der Via della Maddalena, wo Dianes Familie schon immer gelebt hat, im historischen Stadtkern, unweit der Landungsbrücken. Dianes *mamma* ist Witwe, der Vater der Polyglotten starb vor zehn Jahren, und jetzt haben sie nur noch sich. «Ich bin auch ein Einzelkind!», offenbart Jen, und Diane gibt sich Mühe, Jens Kommentar mit Enthusiasmus aufzunehmen, aber ich merke, dass sie lieber mit den Einzelheiten ihrer eigenen Geschichte fortfahren möchte. Dianes *mamma* bekommt eine monatliche Rente von der italienischen Regierung, aber in letzter Zeit habe sie kämpfen müssen, damit zurechtzukommen. Der Euro habe die Lebenshaltungskosten explodieren lassen und sie könne zusätzliche Unterstützung gut gebrauchen, aber MoneyGram und FedEx seien so teuer und daher für Diane keine wirkliche Option. Da nun aber ihre Lieblingsstudenten nach Italien reisten, frage sich Diane, ob es nicht toll wäre, sie würde für ihre *mamma* einen Koffer packen mit neuer Kleidung und Schuhen und sogar mit ein paar Gesichtscremes und freiverkäuflichen Medikamenten, zusammen mit etwas Bargeld? Und ob einer von uns, was fantastisch wäre, das Ganze bei ihr in Genua abliefern könne?

«Ich wäre euch ewig dankbar», sagt sie, mit so leiser Stimme, dass die Worte nur mehr als ein Wispern in der Abendluft zu hören sind. «Wir könnten alle zusammen deine Mom besuchen!», johlt Tammy gleich los. «Es wäre echt toll, sie kennenzulernen!», fügt Jen hinzu. «Wir könnten sie zum Essen einladen und *conversazione* mit ihr üben!», schlägt Sash vor, und die Idee erscheint uns allen als *Die authentischste Italien-Erfahrung überhaupt.* Ich biete an, den Koffer zu transportieren, und wir beschließen, die Details unseres Ausflugs nach Genua in der kommenden Woche bei einem Glas Chianti zu klären. «Molto grazie, i miei amori!», ruft Diane aus, ist nun wieder ganz die Alte, wunderbar wie eh und je. An diesem Abend lässt sie nicht zu, dass wir für die Cappuccinos bezahlen. Ich freue mich, Dianes *mamma* kennenzulernen und in ihre Vergangenheit einzutauchen, bin gleichzeitig aber auch darüber schockiert, dass Diane gar nicht über den finanziellen Background verfügt, den ich aufgrund ihres entschlossenen Gesichtsausdrucks, ihrer exquisiten Körperform und der europäischen Selbstsicherheit, die sie im Beisein von Mexikanern ausstrahlt, angenommen hatte.

Am Abend lassen wir Mixup links liegen und gehen direkt zu Tammy, wo wir voller Neugier und Faszination Dianes Bitte diskutieren und uns dabei *La Traviata* anhören. Nie war Italien näher, und der Sommer unseres Lebens hat bereits begonnen. Ich komme an dem Abend später als gewöhnlich nach Hause, kann es kaum erwarten, meinen Eltern von Dianes *mamma* zu erzählen, aber sie sind nicht da (Nicolasa, meine jüngere Schwester, ebenso wenig; sie ist mit ihrer Klasse auf Abschlussfahrt in Costa Rica).

Justina, unser Dienstmädchen, die sich seit unserer Geburt um uns kümmert, wartet in der Küche auf mich. Der kleine Fernseher, auf dem sie beim Kochen gerne Seifenopern schaut, ist ausgeschaltet, was bei mir sofort alle Alarmglocken läuten lässt. Justina ist über fünfundvierzig, aber ihr rundes, fröhliches Gesicht ist so mädchenhaft wie immer. Heute Abend sieht sie erschöpft aus, als sei sie zehn Jahre gealtert, seit ich sie am Morgen zuletzt gesehen habe. Ihre Augen sind geschwollen, röter als sonst.

«Alles in Ordnung?», frage ich, küsse sie auf beide Wangen – meine tollen Freunde und ich haben geübt, wie Italiener zu küssen, und ich übe auch mit Justina –, was bei ihr nur ein müdes Lächeln hervorruft, aber statt mir zu antworten, fragt sie, ob ich bereits gegessen hätte. Das hätte ich, sage ich, aber sie insistiert.

«Fercita, bist du sicher, dass ich dir nicht ein Sandwich oder ein paar Quesadillas machen soll?», fragt sie flehentlich, so als würde ich ihr das Leben retten, wenn ich Ja sagte.

Ich sei sicher, sage ich und dringe weiter in sie, denn irgendetwas ist ganz offenkundig im Busch. Justina überredet mich, ins Wohnzimmer zu gehen. Sie sagt, wir müssten uns unterhalten. Als ich auf dem Sofa sitze, sagt Justina, Mom und Dad seien nicht zu Hause, weil sie bei Grandpa seien. Er habe gestern das Büro verlassen, um zum Mittagessen zu gehen, und sei nicht wiedergekommen. Nach Hause sei er auch nicht gekommen. Habe nicht angerufen. Sie hätten versucht, ihn auf dem Handy zu erreichen, aber er gehe nicht ran. Mom und Dad und meine Onkel und Tanten seien bei ihm zu Hause, warteten auf Nachricht. Ich bemühe mich zu verstehen, warum das alles so eine Riesensache sein soll. Grandpa ist doch sicher irgendwo und amüsiert sich, hängt mit seinen Freunden ab, feiert irgendwo ordentlich – da wird er ja wohl kaum seine Kinder anrufen, um ihnen das zu erzählen, oder? Es gibt keinen Grund dafür, dass Justina und alle anderen derart ausrasten.

Und dann trifft mich die Erkenntnis wie ein Schlag.

Dieses Bild von Grandpa, wie er vor seinem Bürogebäude ein Taxi anhält und in der Stadt verschwindet, dringt mir mit Donnerkrachen ins Gehirn, dabei ergibt es doch überhaupt keinen Sinn. Grandpa muss überhaupt nicht mit dem Taxi fahren. Er fährt nie mit einem – hier. Diese Dinge passieren doch nur Leuten, die keine Autos haben. Diese Dinge passieren nicht Leuten, die in Polanco wohnen, Leuten wie uns, wie Grandpa.

«Ich bin mir sicher, es geht ihm gut», sage ich, aber ich sage das mehr zu mir selbst als zu Justina. «Ich fahr mal zu Grandpa und sage Mom und Dad, dass es keinen Anlass gibt, sich Sorgen zu machen.»

«Nein!» Justina erhebt die Stimme. «Deine Eltern haben mir verboten, dich dorthin fahren zu lassen, sie denken, es sei besser, wenn du hier wartest, Fernanda.»

«Dann ruf ich sie einfach an und frag, was los ist!», sage ich laut, und es überrascht mich, meine eigene Stimme zu hören, die brüchig klingt. «Ich muss mit ihnen reden, Jus!»

«Nein, tu das nicht, bitte!» Justinas Stimme ist jetzt höher als meine und genauso außer Kontrolle. «Sie müssen die ganze Zeit über erreichbar sein, für den Fall, dass Don Victoriano anruft oder sonst jemand, der Informationen hat. Sie meinten, sie würden anrufen, sobald sie können.»

Ich weiß nicht, was ich noch sagen soll. Auf dem Weg in mein Zimmer habe ich das Gefühl, mein Kopf werde ausgestopft und langsam immer schwerer. Ich rufe Sash und Tammy und Jen vom Handy aus an, erreiche aber bloß Tammy. Ich sage ihr, ich müsse sie sehen, es sei etwas passiert.

«Was ist los, *cara mia*?», fragt sie, aber ich kann es nicht am Telefon sagen. Tatsächlich kann ich überhaupt kaum sprechen. Ich versuche, mich an das letzte Mal zu erinnern, als ich Grandpa gesehen habe, aber es gelingt mir nicht. Stattdessen sehe ich ihn auf dem Rücksitz eines Taxis, eingeklemmt zwischen ein paar Typen mit schwarzen Sturmhauben über den Gesichtern, mehrere Messer gegen die Rippen gedrückt. «Alles klar, mach dir keinen Kopf, Fer. Lass uns bei Klein's treffen», sagt Tammy. «Ich versuche, so schnell wie möglich da zu sein. Ich schreibe Sash und Jen und sag ihnen, dass wir da sind. *Ciao, bella.*»

Ich treffe als Erste ein. Ich weiß nicht, was ich mit meinen Händen machen soll, mit meiner Handtasche. Ich rufe den Kellner und bitte ihn, mir ein Päckchen Marlboros vom Tabakladen nebenan zu holen. Ich hasse Rauchen, mir wird übel davon, aber heute Abend brauche ich es. Ich male mir aus, wie Grandpa die fetten Typen wieder und wieder bittet, sich zu beruhigen, man könne doch für alles eine Lösung finden. Ich schließe die Augen und versuche, mir Grandpa woanders vorzustellen. In einem Nachtclub in Centro Historico, wie er es richtig krachen lässt, versuche mir vorzustellen, wie er mit seinen Freunden zu einem verrückten spontanen Sugar-Daddies-Ausflug nach Acapulco fährt, aber nichts funktioniert, das Bild von ihm im Taxi hängt mir im Kopf fest.

Es ist das Jahr, in dem alle Mitglieder der Familie schließlich aus Mexiko fliehen werden, infolge von Grandpas Verschwinden, aber zu diesem Zeitpunkt weiß ich noch nicht mit Bestimmtheit, was ihm zugestoßen ist. Ich brauche einfach meine Freunde um mich. Ich will, dass sie sich um mich kümmern, mir sagen, unsere Leben werden wie erwartet weitergehen, Italien rufe, das werde großartig. Aber wenn ich an diesen Abend zurückdenke, wird mir klar, dass ich dort sitze, an einem Donnerstagabend um halb elf im Klein's, und auf Jen und Tammy und Sash warte, weil sie mir dabei helfen müssen, die Sprache zu lernen, die ich in den kommenden Tagen zu benutzen gezwungen sein werde, die Sprache der Vermissten.

Eine Viertelstunde vergeht und meine Freunde sind noch nicht aufgetaucht. Als der Kellner mir die Zigaretten bringt, ist mir nicht mehr danach zu rauchen. Mein Gehirn fühlt sich doppelt so groß an. Ich sitze an dem Tisch, den wir immer für unsere Konversationsstunde mit Diane nehmen, mit Blick auf das permanente Verkehrschaos auf der Masaryk. Auf der Terrasse der Crêperie auf der anderen Straßenseite knutscht seit meiner Ankunft ein Pärchen. Ihr Gesicht kann ich nicht sehen, aber ich könnte schwören, es ist Diane. Ich verwerfe die Idee. Sein Gesicht sehe ich, und ich kann mir einfach nicht vorstellen, dass er der Mann sein könnte, für den sie ein Leben voller Glamour und Kultiviertheit in Mailand eingetauscht hat. Er ist etwas älter als ich und sieht nicht besonders gut oder gebildet aus. Er trägt einen abscheulichen braunen Anzug, der ihm überhaupt nicht passt, wie das bei billiger Kleidung immer der Fall ist. Er könnte als Kassierer in einer Bank oder als Versicherungsmakler durchgehen, es kann also unmöglich Diane sein – zudem könnte sie locker seine Mutter sein, Himmelherrgott! Ich hatte mir immer vorgestellt, die Polyglotte würde mit einem gestandenen Hedgefonds-Manager ausgehen, dem unwiderstehlichen Kulturattaché irgendeines exotischen Landes oder einem bekannten, grau melierten Chefkoch, hatte es aber nie auch nur in Betracht gezogen, sie könne sich in *so etwas* verlieben. Er gibt dem Kellner ein Zeichen, macht in der Luft die Die-Rechnung-bitte-Geste, während sie sich die Haare richtet, einen kleinen Spiegel aus der Handtasche holt und ihr Rouge auffrischt. Sie ist es. In meiner Vorstellung sagt Grandpa nun: «Bitte tut mir nicht weh, ich gebe euch alles, was ihr wollt. Bitte!», und ich merke, wie mir die Tränen die Wangen hinablaufen. Der Kellner kommt mit der Rechnung, und der Kassierer oder Versicherungsmakler bezahlt in bar. Dann stehen sie auf und gehen die Straße entlang, und jetzt kann ich ihr Gesicht sehen, leuchtend und vollkommen friedlich. Diane legt den Kopf auf das schlecht sitzende Schulterpolster des Anzugs und hält seine Hand, während sie davongehen. Sie hat nie schöner und triumphierender ausgesehen. Grandpas Lippen bluten nun, einer der fetten Typen hat ihm gerade ins Gesicht geschlagen. Meine Hände zittern, mein Herz steht kurz davor zu explodieren. Ich will noch immer nicht wahrhaben, dass der Kassierer oder Versicherungsmakler Diane genauso liebt wie sie ihn, aber sie halten inne und küssen sich im fahlen Mondlicht jener Nacht, in der mir die Stadt den Rücken zugedreht hat, und es erstaunt mich, zu sehen, wie wenig sie brauchen, um im siebten Himmel zu schweben.

Okie

Ms Brinkman meinte, Schreiben würde möglicherweise helfen, und gab mir ein Notizheft. Sie saß auf ihrem Tisch, und ich stand davor. Die anderen Kinder waren bereits im Hof. Sie nannte es ein Tagebuch und meinte, sie habe auch eines zu Hause. Jeden Abend würde sie etwas hineinschreiben. An manchen Abenden, sagte sie, sind es bloß ein paar Zeilen über einen besonderen Moment, den ich am Tag erlebt habe, an anderen kann ich Seite um Seite füllen. Es hilft mir, mich noch besser an die schönen Momente zu erinnern, und lässt die nicht so schönen weniger wichtig erscheinen. Wenn ich sie so auf Papier stehen sehe, merke ich, dass das alles gar nicht so wild war, sagte sie und lächelte. Im Klassenzimmer roch es nach neuem Teppich und angespitzten Bleistiften. Das dritte Schuljahr hatte gerade begonnen, und ich war das einzige neue Kind in der Klasse. Ms Brinkman meinte, ich müsse ihr auch nicht zeigen, was ich schriebe. Schreib einfach, Herzchen. Wenn du es mir zeigen möchtest, werde ich es gerne lesen. Wenn nicht, ist das auch in Ordnung. Wenn du darüber reden möchtest, wäre das natürlich auch toll.

Ich kam an dem Abend nach Hause und erzählte Josefina, was Ms Brinkman gesagt hatte. Ich zeigte ihr das Notizheft. Ich erklärte, dass Ms Brinkman es ein Tagebuch genannt hatte. Was ist der Unterschied?, fragte Josefina. Ich bin mir nicht sicher, sagte ich. Vielleicht schreibt man normalen Kram in ein Notizheft und wichtigen Kram in ein Tagebuch? Josefina wollte wissen, ob ich es benutzen werde. Keine Ahnung, sagte ich. Es ist wunderschön, sagte sie. Wir saßen dicht beieinander in der Küche des winzigen Hauses, in das wir gerade eingezogen waren. Josefina belud die Spülmaschine mit Bratpfannen. Sie hatte gerade erst gelernt, sie zu bedienen. Warum, meinst du, hat sie es dir gegeben? Einfach so, nehm ich an?, antwortete ich. Josefina sagte, was sie immer zu mir sagte. Lüg mich nicht an, Bernardo. Ich kenne dich. Mich führst du nicht hinters Licht. Bitte sag's nicht meinen Eltern, sagte ich. Warum sollte ich?, fragte sie. Ich weiß nicht. Hab ich ihnen je was erzählt, was ich ihnen nicht erzählen sollte? Nein. Warum sollte ich also jetzt damit anfangen? Ich weiß nicht. Wir sind jetzt hier. Und? Jetzt ist vieles anders. Ich bin nicht anders. Ich bin dieselbe alte Josefina. Das stimmte, nahm ich an. Sie trug weiterhin die blauweiße Uniform, die sie zu Hause getragen hatte, flocht noch immer ihr schwarzes Haar zu Zöpfen, sah noch immer ständig verschwitzt aus. Wirst du mir nun sagen, warum sie es dir gegeben hat? Ich beteilige mich nicht viel am Unterricht. Ich rede in der Schule mit niemandem. Warum denn? Das wollte Ms Brinkman auch wissen. Und, hast du es ihr gesagt? Nein. Ich habe hier einfach keine Lust, mit jemandem zu reden.

Nach dem Abendessen ging ich auf mein Zimmer und schlug das Notizheft auf. So eins hatte ich noch nie gesehen. Es war schwarz-weiß und robust, und vorne auf dem Umschlag stand das Wort Aufsatzheft. Ich starrte die weißen Seiten an. Mom nimmt im selben Bad Schwimmunterricht wie ich, schrieb ich. Das mag ich nicht. Ich klappte das Notizheft zu und steckte es in meinen Rucksack. Als meine Eltern und mein kleiner Bruder schliefen, ging ich in Josefinas Zimmer. Sie war noch wach, hatte bereits ihr Nachthemd mit Gänseblümchenmuster an und las in der Bibel. In ihrem Zimmer roch es nach der Rosen-Handcreme, die sie nach dem Spülen immer benutzte. Ihr Zimmer war nicht hinten im Haus, weit weg von unseren, so wie daheim, sondern gleich neben der Küche und sah aus wie alle anderen Zimmer im Haus. In allen, einschließlich ihrem, bedeckte ein beiger Teppich den Fußboden. Wenn man an die Wände klopfte, selbst an die gekachelten im Badezimmer, klang es hohl und dünn, so als wären sie aus Pappe. Ich schlüpfte in Josefinas Bett. Es war gemütlich dort, wegen der Wärme ihres großen Körpers. Du musst damit aufhören, sagte sie. Wenn deine Eltern das rausfinden, werden sie wütend auf mich sein. Ich kuschelte mich an sie. Sie seufzte. Sie streichelte mir übers Haar. Ihre Hände sahen älter aus als der Rest ihres Körpers. Sie faltete sie, und ich tat es ihr nach. Wir beteten das Vaterunser, und sie schaltete das Licht aus.

Am nächsten Morgen weckte sie mich früh, noch bevor meine Eltern die Tür ihres Zimmers geöffnet hatten. Ich ging zurück in mein Bett und tat so, als ob ich schliefe, während Josefina das Frühstück für mich und meinen Bruder zubereitete.

Ein paar Tage später bat mich Ms Brinkman zu Pausenbeginn doch noch im Klassenzimmer zu bleiben. Als wir allein waren, fragte sie, wie es denn mit dem Schreiben gehe. Läuft ganz gut, sagte ich. Hilft es dir? Ich weiß nicht. Bleib einfach dran, Herzchen. Hast du schon Freunde gefunden? Ich antwortete nicht. Jedes Mal wenn sie mich Herzchen nannte, kam ich mir wie eine Figur aus der Muppet-Show vor. Das ist total okay, sagte Ms Brinkman. Das braucht Zeit, weißt du. Meine Familie lebte in Oklahoma, bis ich sechs war, und dann zogen wir nach Kalifornien. Das war nicht leicht, sagte sie. Weißt du, wie die Kinder mich in der Schule immer genannt haben? Sie haben mich Okie genannt. Dabei waren es beinahe die Achtziger. Es hat gedauert. Und schau mich jetzt an: Ich bin ein richtiges *California Girl*, sagte sie, wobei mir an ihrem Aussehen überhaupt nichts Besonderes auffiel. Ich hatte das Wort noch nie gehört, Okie. Ich wusste nicht, was es bedeutete. Ms Brinkman hatte braunes, lockiges Haar, und ihre Augen waren so blau, dass sie wie die einer Puppe aussahen. Sie trug diese langen, bunten, handgemachten Kleider, die Touristen gern bei Straßenhändlern in Vallarta oder Cabo kaufen. Sie lächelte immer. Du wirst den Bogen rauskriegen, Herzchen, beharrte sie.

Ich war allein, saß auf einer Bank in einiger Entfernung zu den Basketballfeldern, wo die anderen Kinder während der Pause spielten, als ein Mädchen aus meiner Klasse herüberkam. Ihr Haar war mehr als blond, es war beinahe weiß. Sie war groß und total dünn. Du bist komisch, sagte sie. Wie bitte? Ich sagte, du bist komisch. Ich antwortete nicht. Siehst du? Du bist komisch. Wenn du nicht komisch wärst, würdest du etwas sagen.

Dass Mom nicht schwimmen konnte, fiel mir erst auf, als wir nach Kalifornien zogen. Eines Tages, als sie mich zum Schwimmbad fuhr, fragte ich sie, warum sie jetzt Schwimmunterricht nehmen müsse. Weil ich es lernen will, sagte sie. Aber wieso? Weil ich bislang immer Angst vor Wasser hatte, und das will ich nicht mehr. Aber warum musst du in demselben Becken Unterricht nehmen, genau neben mir? Es gefällt mir, dass wir auf diese Weise etwas zusammen machen können. Was stimmt daran nicht?, fragte sie. Es ist komisch. Mom lachte. Komisch? Wo hast du das denn her?

Es war nach zehn Uhr abends, als Josefina die Bibel zur Seite legte und die Hände faltete, was ich ihr nachtat. Warum sind wir hier?, fragte ich, nachdem das Licht ausgeschaltet war. Warum musst du mich jeden Abend dasselbe fragen, Bernardo? Weil ich es wissen will. Das habe ich dir doch schon erklärt. Deine Mom und dein Dad haben sich entschieden umzuziehen und mich gebeten, mit euch zu kommen. Sie haben mir nicht erklärt, warum. Das geht mich auch nichts an. Das stimmt nicht, sagte ich. Du weißt, warum wir umgezogen sind, aber du willst es mir nicht sagen. Josefina hatte an dem Abend Enchiladas mit Tomaten zum Abendessen gemacht, und irgendetwas an ihr, ihre Hände oder ihre Kleidung, roch nach gedünsteten Zwiebeln, was mich an zu Hause erinnerte. Habe ich dich jemals angelogen? Weiß nicht. Pass auf, was du sagst, junger Mann, sonst schmeiße ich dich aus meinem Zimmer. Habe ich dich jemals angelogen?

In der Pause kam das Mädchen wieder zu mir. Was läuft denn so, Psycho? Bist du komisch, weil du Mexikaner bist, oder bist du komisch, einfach weil du ein Psycho bist? Ich saß auf der Bank. Sie stand vor mir, warf einen Schatten auf meinen Kopf. Bist du hässlich, weil du eine *güera* bist oder weil du einfach hässlich bist?, antwortete ich ihr. Wie hast du mich genannt? Ich sagte nichts. Sag noch mal, was du gerade gesagt hast, oder ich gehe zu Ms Brinkman. Wenn du es ihr sagst, sage ich ihr, dass du mich Psycho nennst. Wie hast du mich genannt? Güera. Was bedeutet das? Wenn du es nicht weißt, ist das dein Problem, güereja. Das Gesicht, das sie machte, war großartig.

Tage später fragte mich eines der Kinder beim Schwimmunterricht, wieso meine Mom ebenfalls Unterricht nehmen würde, ob Erwachsene dort, wo ich herkäme, nicht schwimmen könnten. Auf dem Nachhauseweg sagte ich ihr, ich wolle, dass sie aufhöre. Wie kommst du darauf, mich darum zu bitten? Die Kinder in meiner Gruppe machen sich über mich lustig. Wieso? Weil du nicht schwimmen kannst. Tja, sagte sie. Sie musterte sich selbst im Rückspiegel und ordnete ihr Haar. Es war noch feucht und durcheinander vom Schwimmbad und sah dunkler aus als sonst. Wenn sie sich das nächste Mal über dich lustig machen, sag ihnen, sie sollen es auf Spanisch tun. Wenn sie gelernt haben, dich auf Spanisch zu ärgern, höre ich mit dem Schwimmunterricht auf.

Ein paar Abende später schrieb ich in das Notizheft: Sie heißt Ambrose und ist heute wiederaufgetaucht. Sie kam herüber und guckte mich an, sagte aber erst mal nichts.

Was ist?, sagte ich. Nichts, ich schau dich einfach an, sagte sie. Tja, ich bin kein Affe im Zoo, also hör auf, mich anzugucken, sagte ich. Sie kicherte. Doch, bist du. Ein komischer Affe. Ein Pavian. Es war lustig, wie sie es sagte. Hör auf, mich komisch zu nennen. Das mag ich nicht.

Am nächsten Tag kam Josefina, um mich abzuholen. Statt ihrer Uniform trug sie ihr bestes Sonntagskleid, so als wolle sie in die Kirche gehen. Ich freute mich, sie an der Schule zu sehen, aber ich wollte wissen, wo Mom war. Sie sagte, sie sei in der Notaufnahme mit meinem Bruder. Sein Vorschullehrer habe angerufen und erklärt, Maximiliano sei von der Rutsche gesprungen und sein Arm sehe nicht gut aus. Zu Hause hätte mich niemals Josefina abgeholt, nur weil Mom nicht konnte. Eine meiner Tanten hätte das gemacht oder Dads Chauffeur. Als Mom und Max am Nachmittag nach Hause kamen, steckte sein linker Arm in einem Gips. Er zeigte mir die Lutscher, die ihm die Schwestern gegeben hatten, weil er so ein tapferes Kerlchen war. Sie waren leuchtend violett und grün. Am Abend schrieb ich in mein Notizheft: Max ist durchgeknallt. Ich bin sicher, er hat das mit der Rutsche absichtlich gemacht. Ich bin sicher, ihm gefällt es hier auch nicht.

Einige Abende später fragte mich Josefina, ob ich viel in mein Notizheft schreiben würde. Nicht viel, nur ein paar Dinge. Willst du mir erzählen, worüber du geschrieben hast? Über Blödsinn, mehr nicht. Komm schon, erzähl mal. Wenn ich's mache, versprichst du mir, niemandem davon zu erzählen? Du sprichst hier mit der alten Josefina, Bernardo, was ist das für eine Frage? Ich erzählte ihr, ich würde über den gemeinsamen Schwimmunterricht mit Mom schreiben und darüber, wie sehr ich das hasste. Nun, ich an deiner Stelle wäre stolz auf sie, sagte sie. Als Erwachsener muss man sehr mutig sein, um so etwas zu tun. Wieso? Weil Angst wie ein Fluch ist, Bernardo, Angst kann einen lähmen. Ich weiß, wie das ist. Ich kann auch nicht schwimmen. Ich stellte mir vor, wie Josefina im gleichen Becken Schwimmunterricht nahm, zusammen mit mir und Mom. Ich wünschte, ich hätte genug Mut, um zu tun, was sie tut. Du solltest stolz auf sie sein, wiederholte sie. Du solltest stolz auf deine Eltern sein, Bernardo. Sie sind sehr mutige Menschen.

Ein paar Tage später schrieb ich in das Notizheft: Ich habe gelogen. Ambrose ist nicht hässlich, sie ist sogar sehr hübsch. Das habe ich ihr heute gesagt und mich dafür entschuldigt, dass ich fies zu ihr gewesen bin. Ich meine, ich habe nicht gesagt, sie sei hübsch. Ich meinte bloß, ich habe sie nicht hässlich nennen wollen. Sie meinte, ich hätte sie auch noch irgendwie anders genannt. Ich sagte, ich hätte sie Blondie genannt. Was ist daran falsch?, sagte sie. Nichts, sagte ich. Na ja, ich finde immer noch, du bist komisch, sagte sie, aber irgendwie gut komisch, verstehst du? Was ist denn da der Unterschied?, fragte ich. Keine Ahnung, sagte sie. Das ist jedenfalls ein Unterschied.

Wie ich sehe, hast du dich mit Ambrose angefreundet, sagte Ms Brinkman während unseres wöchentlichen Gesprächs. Diesmal saßen wir in der Vorlese-Ecke, umgeben von abgewetzten rechteckigen roten, grünen, gelben und violetten Kissen. Ich habe dir ja gesagt, es ist bloß eine Frage der Zeit, Herzchen. Ich nickte. Wie läuft's mit dem Schreiben? Läuft ganz okay. Hilft es dir, dich hier wohler zu fühlen, mehr zu Hause? Es war so nervig, wie sie mich ausfragte. Das hier ist nicht zu Hause, sagte ich. Mir geht es besser, aber das hier ist nicht zu Hause. Ms Brinkman machte eine Bewegung, so als wolle sie mein Haar berühren, tat es aber dann doch nicht. Das wird es noch werden, Herzchen, sagte sie. Auch wenn es schwer für dich ist, dir das jetzt vorzustellen, aber das wird es.

Nach meinem Gespräch mit Ms Brinkman ging ich in den Pausenhof und sah Ambrose auf der Bank sitzen, wo wir uns immer trafen, so als habe sie auf mich gewartet. Ich erzählte ihr von Moms Schwimmunterricht. Sie schwimmt vom einen Ende des Beckens ans andere und hält sich dabei an einem grellbunten Styroporbrett fest, strampelt wild mit den Beinen. Einfach lächerlich, sagte ich. Warum nervt dich das so? Meine Mutter nimmt Yoga-Stunden, wo sie mit einem Haufen Leute in einem Raum ist, in dem locker 500 Grad herrschen, und alle schwitzen wie Brathähnchen. Das ist mal peinlich. Und eklig, sagte ich. Allerdings. Was ist an Schwimmunterricht falsch? Nichts. Ich mag es einfach nicht, dass sie zur selben Zeit da ist wie ich. Trägt sie etwa Schwimmflügel oder irgendwas? Wir kicherten. Nein, tut sie nicht, aber trotzdem.

An diesem Tag fragte ich Josefina, ob sie Mexiko vermisse. Sie sagte, das tue sie manchmal, aber nicht jeden Tag. Sie sagte, ihr gefalle Palo Alto, ihr gefalle, dass sie zum Supermarkt laufen könne, ohne sich Sorgen machen zu müssen, dass ihr jemand den Geldbeutel klaut oder sie überfällt. Ihr gefalle, dass sie mit dem Bus zur Kirche fahren könne, ohne dass man ihr Scherereien mache, und dass es in dem Haus, in dem wir nun lebten, eine Spülmaschine gebe und sie nicht das ganze Geschirr mit der Hand spülen müsse, aber ihre Schwestern fehlten ihr schon und die Besuche in ihrer Heimatstadt an den Wochenenden. Ich fragte, ob sie zurückgehen wolle. Sie dachte darüber nach, schaute dabei ihre Bibel an. Sie hatte bereits Bilder ihrer Familie und ein in Folie eingeschweißtes Herz-Jesu-Poster an die Wand über ihrem Bett gepinnt. Ihr Zimmer war das einzig dekorierte im ganzen Haus. Ich habe immer bei deiner Familie gelebt. Ich kenne dich und Maxie, seit ihr geboren wurdet, du warst so groß wie ein Butternusskürbis, als ich dich das erste Mal in den Händen hielt, und genauso schwer. Wir kicherten. Ihr seid wie meine eigenen Kinder, sagte sie. Josefina hatte weder Kinder noch einen Mann, noch nicht einmal einen Freund. Hatte sie je einen gehabt, kennengelernt habe ich ihn nicht. Meinst du, wir werden je zurückgehen?, fragte ich. Ich weiß es nicht, Bernardo. Doch, tust du. Du willst es mir nur nicht sagen. Nennst du mich eine Lügnerin, junger Mann?

Ich habe über deine Mom und den Schwimmunterricht nachgedacht, sagte Ambrose während der Pause ein paar Tage später. Sie sagte, sie wisse, wie man sie dazu bringen könne aufzuhören. Du musst sie vor allen anderen blamieren. Ich fragte, ob sie das mit ihrer eigenen Mom auch gemacht habe. Klar, das funktioniert immer. Aber du musst sie so richtig blamieren, einfach richtig krass, so die Richtung ‹Ach du lieber Gott›. Ich war mir nicht sicher, ob sie da richtiglag. Und ich war mir nicht sicher, ob ich das tun wollte. Also, du brauchst einen Plan, Pavian, sagte Ambrose. Plan das gut durch, Mann. Mir gefiel die Art, wie sie mich Pavian nannte, aber das sagte ich ihr nicht.

Es wurde kälter. Ich fing an, mich am Unterricht zu beteiligen, antwortete auf einfache Fragen, die Ms Brinkman stellte. Sie war glücklich. Sie sagte, wir bräuchten uns nun nicht mehr wöchentlich zu treffen. Ich freute mich so, von diesem Joch befreit zu sein, dass ich sie umarmen wollte. Aber wenn dir nach Reden zumute ist, kannst du immer zu mir kommen, Herzchen. Meine Tür steht dir immer offen. Ich nickte. Wie läuft's denn mit dem Schreiben? Ich habe mit dem Schreiben aufgehört, sagte ich. Ms Brinkman schaute zunächst ernst drein, dann aber lächelte sie, wie immer. Nun, das liegt vielleicht daran, dass du es nicht mehr brauchst, oder? Ich nickte. Du kannst darauf zurückgreifen, wenn dir danach ist, Herzchen. Schreiben ist immer eine große Hilfe.

An diesem Abend aß Dad mit uns zusammen. An den meisten Abenden tat er das nicht. Sein Job an der Universität nahm ihn sehr in Anspruch. Josefina servierte zum Nachtisch Flan, als ich meine Eltern fragte, ob wir in den Ferien nach Mexico City zurückkehren würden. Dad antwortete nicht darauf, stattdessen sagte er, er denke, wir könnten die Winterferien auf Hawaii verbringen. Er sagte, ein paar Kollegen in Stanford hätten gesagt, das sei ein fantastischer Ort, um dort Weihnachten zu feiern. Mom meinte, sie halte das für eine tolle Idee. Ich habe gehört, das Wetter soll dort zu dieser Jahreszeit wunderbar sein, sagte sie. Aber wir haben Weihnachten immer bei Grandpa verbracht, sagte ich. Ja, Grandpa!, sagte Max vollkommen unvermittelt. Mom und Dad schauten einander an. Er sagte, in Grandpas Haus seien in diesem Jahr Renovierungsarbeiten im Gange, wir müssten uns also gedulden. Wir können doch bei uns zu Hause feiern oder mit unseren Onkeln und Tanten, beharrte ich. Josefina kam aus der Küche und fragte, ob jemand eine zweite Portion Flan haben wolle. Wenn unsere Eltern mit uns aßen, bot sie nie einen Nachschlag vom Dessert an, an diesem Abend jedoch tat sie es.

Ich verbrachte diesen und den nächsten Abend damit, auf dem Bett zu liegen und meinen Plan zu schmieden. An beiden Abenden verlor ich mein Zeitgefühl, und als ich in Josefinas Zimmer ging, schlief sie bereits. Ich kroch in ihr Bett und schob ihren großen Körper zur Seite, damit ich mit hineinpasste. Sie machte Platz, wachte aber nicht auf. Am Morgen nach der zweiten Nacht fragte Josefina mich nicht, was ich gern frühstücken würde, sie griff einfach nach der ersten Schachtel Cornflakes, die sie im Schrank fand, und stellte mir eine Schale mit kalter Milch hin. Irgendwas ist im Busch, von dem du mir nichts erzählst, Bernardo, sagte sie. Ich kenne dich. Josefina machst du nichts vor. Ich reagierte nicht. Ich wollte ihr erzählen, was mich an den Abenden beschäftigt hatte, aber ich konnte es nicht.

Ambrose bot an, mir bei meinem Plan zu helfen, aber ich sagte, das sei nicht nötig. Es war mir peinlich, vor ihr die Einzelheiten auszubreiten. Ich hatte Angst, er wäre vielleicht nicht gut genug. Sie fragte, ob ich für den großen Tag bereit sei. Ich sagte, ich glaubte, das sei ich. Na dann, viel Glück, Pavian, sagte sie. Die Art und Weise, wie sie das sagte, machte mich nervös.

Es spielte sich an einem Montag ab. Bevor ich zum Schwimmunterricht aufbrach, ging ich ins Badezimmer, holte die Literflasche Mineralwasser hervor, die ich im Schrank versteckt hatte, und trank sie in einem großen Zug leer. Mom musste im Auto auf mich warten. Als ich endlich einstieg, musste ich aufstoßen. Sie erkundigte sich, ob alles in Ordnung sei. Ich sagte, das wäre es. Auf dem Weg zum Schwimmbad wechselten wir kein weiteres Wort.

Der Unterricht war zur Hälfte vorbei, als meine Blase anfing, wehzutun. Mom war einige Bahnen entfernt, übte den Beinschlag fürs Kraulschwimmen, hielt sich dabei an ihrem bunten Brett fest. Ihr Trainer beglückwünschte sie zu ihrer Technik. Fantastisch, Carolina!, rief er. Am Ende der Stunde gab unsere Trainerin der Gruppe Feedback in Sachen Schmetterling- und Rückenschwimmen, den Stilen, die wir an diesem Tag geübt hatten, als ich aus dem Becken kletterte und am Rand Aufstellung nahm. Die Trainerin warf mir ein unentschlossenes Lächeln zu. Ich wartete, bis Mom das äußere Ende des Beckens erreicht hatte, und als das der Fall war, rief ich nach ihr. Mom! Mom!, rief ich. Sie nahm ihre Schwimmbrille ab, grinste mich breit an und winkte. Alle schauten zu mir herüber. Ich zog mir meine Badehose runter und zielte in Richtung Trainerin. Der Urinstrahl landete genau auf ihrer Badekappe, an ihrem Haaransatz, und spritzte ihr über ihr Schlüsselbein, ihre Brust und ihre Nasenspitze. Sie kreischte auf und wich zurück. Es sah aus, als würde sie sich in Zeitlupe durchs Wasser bewegen. Ich zielte auf die Kinder. Sie begannen sich wegzuducken, zurückzuzucken und zu schreien. Die Trainerin rief meinen Namen. Eines der Kinder schrie nach seiner Mutter. Bernardo!, brüllte die Trainerin. Bernardo! Ich sah sie an. Hör auf!, rief sie. Hör auf! Ich konnte nicht, auch wenn ich gewollt hätte. Ich musste wegschauen. Das Geschrei verstärkte sich weiter. Ob Mom auch zu schreien begonnen hatte, weiß ich nicht, ich konnte ihre Reaktion nicht verfolgen, meine Augen waren jetzt geschlossen. Mein Gesicht brannte.

Ich verharrte an der Beckenkante, die Augen geschlossen. Meine Badehose knäulte sich um meine Knöchel, kalt und kratzig. Ich hatte das Gefühl, als vergehe eine lange Zeit, bis ich meine Mutter auf mich zukommen hörte, laut ‹Tut mir leid!›, ‹Tut mir leid!› rufend, dass es so klang, als wollte sie sich bei jedem Einzelnen im Becken entschuldigen. Sie zog mir die Hose hoch, wickelte mich in ein Handtuch und bugsierte mich resolut zum Ausgang. Zu mir sagte sie kein Wort. Sie rief bloß weiterhin ‹Tut mir leid!›, ‹Tut mir leid!›, flehentlich.

Als wir beim Auto ankamen, zitterte ich. Ich konnte mich nicht daran erinnern, wann Mom mich das letzte Mal geschlagen hatte. Ich öffnete die Augen in der Erwartung, ihr wutverzerrtes Gesicht zu sehen, doch stattdessen hatte sie sich ihrerseits in ein Handtuch gewickelt, klamm und zerzaust, und bedeckte ihr nasses Gesicht. Es gelang ihr, sich zusammenzunehmen und mich zu bitten, mich im Auto umzuziehen. Dann bat sie mich, auf dem Gehsteig zu warten, während sie sich umzog. Es war kalt draußen und wurde langsam dunkel. Okay, wie wär's mit einem Burger und einem Milchshake?, schlug sie vor, als wir beide im Wagen saßen. Sie klang erschöpft. Ich antwortete nicht. Ich wusste nicht, was ich sagen sollte. Ich fragte mich, ob ich ihr je wieder in die Augen schauen könnte. Sie holte ihr Handy hervor, rief zu Hause an und erklärte Josefina, dass wir auswärts essen würden. Sie bat sie, Max Abendessen zu machen und dafür zu sorgen, dass er um halb neun im Bett war.

Mom fuhr Richtung Innenstadt. Auf dem Rückweg vom Schwimmunterricht schaltete sie für gewöhnlich das Radio ein und hörte Nachrichten, an diesem Abend aber stellte sie klassische Musik ein. Sie parkte den Wagen am Straßenrand, und schweigend liefen wir zum Palo Alto Creamery. Mom erkundigte sich, ob eine Sitznische frei sei. Sie nahm auf der einen Seite Platz, ich auf der anderen, wir saßen einander genau gegenüber. Als die Kellnerin die Speisekarten brachte, sagte Mom, ich könne bestellen, was auch immer ich wolle. Ich entschied mich für einen Chili-Burger und einen extra dickflüssigen Milchshake mit Oreo-Keksen, Schlagsahne und heißem Karamell. Ausgezeichnete Wahl!, sagte die Kellnerin, während sie in ihren kleinen Block schrieb. Mom bestellte Hühner-Nudel-Suppe und bat um die Weinkarte. Die Kellnerin sagte, sie hätten keine. Mom bestellte Tee.

Okay, Bernardo, was ist los?, fragte Mom, nachdem die Kellnerin gegangen war. Ich sagte erst einmal nichts. Sie sagte, sie sei nicht wütend, aber sie würde es, wenn ich ihr nicht die Wahrheit sagte. Ich räusperte mich. Ich will, dass du aufhörst, mit mir gemeinsam zum Schwimmunterricht zu gehen. Meine Stimme klang tief und brüchig. Sie seufzte. Du weißt, dass das Schwachsinn ist, oder? Sie hatte das Wort mir gegenüber noch nie zuvor benutzt. Ich will die Wahrheit wissen, Bernardo. Bitte. Sie sagte es, als würde sie darum betteln. Ihr Gesicht sah aus, als hätte sie seit Wochen nicht mehr geschlafen. Mir gefällt es hier nicht. Ich wurde rot. Unser Haus ist zu klein. Ich vermisse unser Zuhause. Ich vermisse meine Cousins und meine Freunde und Grandpa. Ich vermisse sie auch, sagte Mom. Sie klang, als wäre sie in den letzten zwei Stunden um Jahrzehnte gealtert. Ich habe keine Ahnung, warum wir eigentlich hier sind, und jedes Mal, wenn ich frage, warum wir umgezogen sind oder wann wir nach Hause zurückkehren, ignorieren mich alle oder lügen mich an. Ich hasse es hier, sagte ich und fing an zu weinen. Ich konnte die Tränen nicht zurückhalten, und ich schämte mich. Mom sah aus, als würde sie auch gleich zu weinen anfangen, schob sich langsam um den Tisch herum und nahm mich in den Arm. Sie wisperte ein paarmal meinen Namen, während sie meinen Kopf an ihre Brust drückte. Sie war warm. Zu meiner Überraschung roch sie überhaupt nicht nach Chlor. Sie roch nach Parfüm, nach Blumen. Wir verharrten so, bis die Kellnerin zurückkam.

Sooo! Sie stellte unser Essen vor uns hin und räumte die Dinge auf dem Tisch so um, dass Mom sich nicht wieder umsetzen musste. Dann mal guten Appetit, ihr Hübschen!, sagte die Kellnerin und verschwand. Mom probierte einen Löffel Suppe und sagte, sie sei lecker. Sie fragte, ob ich probieren wolle. Ich sagte, nein, vielen Dank. Ich biss von meinem Burger ab. Er schmeckte zäh und süß. Ich aß ihn nicht auf.

Ich weiß, wie dir zumute ist, Bernardo, sagte Mom, nachdem wir mit dem Essen fertig waren. Lügen zu erzählen ist nicht in Ordnung, aber zu erklären, warum wir hier sind, ist nicht einfach. Alles, was du und dein Bruder wissen müsst, ist, dass wir euch sehr lieb haben. Wir tun das für euch. Sag mir, warum wir hier sind, Mom. Bitte. Sie schaute, als wolle sie etwas sagen, hielt aber gleich wieder inne. Aber ich ließ nicht locker. Bitte, bitte, bitte, bitte. Okay!, sagte sie, sprach plötzlich lauter. Aber du darfst nichts von dem Maxie erzählen und auch deinem Vater nicht, dass wir darüber gesprochen haben. Er würde mich umbringen, wenn er es herausfände. Ich nickte. Ihr Gesichtsausdruck veränderte sich. Sie dachte eine Weile lang nach. Dann sagte sie, es gebe da in Mexiko ein paar böse Leute, die uns alles wegnehmen wollten, was wir haben. Sie hätten angefangen, jeden Tag bei uns anzurufen, um uns zu sagen, dass sie uns, euch oder sogar Grandpa wehtun würden, wenn wir ihnen nicht das geben, was sie wollen. Wir konnten nicht zulassen, dass es dazu kommt, sagte sie. Wir mussten also auf Abstand gehen. Wir werden eine Weile hierbleiben müssen, bis uns diese Leute vergessen haben. Ich wollte wissen, warum diese Leute uns das wegnehmen wollten, was uns gehörte, und warum wir nichts tun konnten, damit sie damit aufhörten. Ich wollte wissen, wie lange wir hierbleiben müssten, bis wir zurückkehren könnten, aber Mom ließ mir keine Zeit, diese Fragen zu stellen. Sie sah auf die Uhr und meinte, es sei schon spät. Sie bat um die Rechnung. Alles wird gut, Bernardo, das verspreche ich dir, sagte sie. Alles wird nach und nach leichter werden. Es wird toll werden, diesen neuen Ort auszukundschaften. Magst du es hier denn überhaupt nicht, nicht mal ein bisschen? Ist es nicht wunderschön hier? Ich nickte bloß. Auf dem Weg zum Auto blieben wir vor dem Restaurant stehen, und sie umarmte mich, wie sie es schon lange nicht mehr getan hatte. Mein Baby, mein armes Baby, flüsterte sie mir ins Ohr.

Auf dem Rückweg wollte Mom wissen, was da am Pool passiert sei. Ich sagte, mir tue es leid. Ich wollte noch etwas anderes sagen, tat es aber nicht. Ich konnte nicht. Zunächst sagte Mom, dass so etwas nie wieder vorkommen dürfe. Sie bemühte sich, streng zu klingen. Das war verstörend und dumm, Bernardo, sagte sie, jetzt mit normaler Stimme, während sie mich im Rückspiegel ansah. Woher hattest du diese Idee? Ich antwortete nicht. Das war so peinlich, Bernardo. Was hast du dir dabei gedacht? Wir müssen der armen Trainerin ein paar Blumen schicken. Du wirst ihr eine Karte schreiben müssen, in Ordnung? Und die armen Kinder! Und deren Eltern! Mein Gott, Bernardo! Sie klang besorgt, trotzdem hatte ich das hartnäckige Gefühl, dass sie gleich loslachen würde. In das Schwimmbad können wir nicht mehr gehen, sagte ich. Das ist mal sicher, sagte sie. Aber wir werden ein anderes finden, Bernardo. Das ist nicht das Ende der Welt.

Mom, sagte ich, als sie den Wagen vor dem Haus parkte, weiß Josefina, warum wir hier sind? Sie sah mich im Rückspiegel an, die Autoschlüssel in der Hand. Sie sagte, Josefina sei seit ewigen Zeiten bei uns. Es sei, als gehöre sie fest zur Familie. Nur Gott weiß, was Josefina alles über uns weiß, Bernardo.

An diesem Abend blieb das Licht in Josefinas Zimmer sehr lange an. Ich wusste, dass sie auf mich wartete. Ich wollte hineingehen, mich neben sie kuscheln und alles von diesem Tag erzählen, was am Schwimmbecken passiert war, welche Angst ich davor hatte, am nächsten Tag zur Schule zu gehen. Ich wollte ihr erzählen, was Mom im Creamery gesagt hatte, was sie im Auto gesagt hatte und wie es mir ging. Aber ich tat es nicht. Ich schloss meine Zimmertür, ging ins Bett und schaltete das Licht aus. Aber ich konnte nicht schlafen. Ich musste es wieder einschalten.

Trockenpflaumen
aus Pappmaché

Zum ersten Mal begegnete mir Laura in einem Waschsalon an dem Tag, als sowohl meine Waschmaschine als auch Michael Jackson das Zeitliche segneten. Es war Ende Juni, Austin böig und vor Hitze vergilbt, der Himmel orangefarben. Waldbrände verschlangen Hill Country, und lokale Nachrichtenmoderatoren sprachen bereits vom Ende der Welt. Es war Dienstag, und ich hatte mich ohne Grund krankgemeldet.

«Zum ersten Mal in einer Münzwäscherei?» Ich hatte das Wort gewählt, weil es hübscher klang als Waschsalon und weil ich gleich in dem Moment, als ich Laura sah, das Verlangen verspürte, sie zu beeindrucken. Ich wusste sofort, woher sie kam. Leute wie wir erkennen einander aus kilometerweiter Entfernung, wir geckenhaft herausgeputzten Verbannten, haltlos durch das Am-Arsch-der-Welt-Amerika treibend.

«Wieso, ja», sagte sie auf Spanisch, während sie zornig die Knöpfe am Bedienfeld der Waschmaschine anstarrte.

«Die Dinger hier sind eine leichte Übung, im Gegensatz zu der, die Sie sicher zu Hause stehen haben.»

«Als ob ich eine Ahnung hätte, wie *die* funktioniert.»

«Na klar.» Ich lächelte.

«Darf ich erfahren, warum Sie das selbst machen?»,

sagte ich. «Warum haben Sie nicht eine Angestellte gebeten?» Ich fragte mich, ob sie in Austin Bedienstete beschäftigte, wie sie das daheim in Mexiko ganz sicher getan hatte, oder ob sie sich solche jetzt nur noch stundenweise leisten konnte. Ob ihre Familie zu denen gehörte, die ihre langjährigen Dienstmädchen von zu Hause mitbrachten und sie dann, sobald man im Ausland war, *au pairs* nannten. Ich fragte mich zudem, wie viele Angestellte sie früher beschäftigt hatte, wie viele davon noch übrig waren und ob sie nachts den Verlust beweinte.

«Igitt», fauchte sie, während sie saubere, perfekt gefaltete Kleidungsstücke in die Maschine warf. «Sag jetzt besser nichts.»

Lauras Hilflosigkeit war von einer dünnen Schicht Arroganz umhüllt, sexy und nervtötend zugleich, was dafür sorgte, dass man sie unbedingt zwischen die Finger kriegen wollte. Sie hatte ihr Haar in der Farbe einer Sonneneruption getönt. Ich fand, es machte sie älter, als sie war. Sie trug weiße Perlenohrringe. Die wahre Klasse einer Frau kann man daran ablesen, wie sie Perlen trägt, würde Grandma sagen. Diamanten sind protzig und teuer, eine einfache Wette. Perlen sind anders. Perlen sind kniffelig.

Sie hatte Waschmittel und Weichspüler vergessen, genauso wie ich. Ich kaufte zwei Päckchen Tide und eine kleine Flasche Downy am Automaten und brachte beide Maschinen zum Laufen. Der Waschsalon war kühl und beinahe leer. Außer uns war noch ein älterer Asiate da, der ein Synthetik-Sporttrikot nach dem anderen faltete, und eine fettleibige junge Latina mit zwei kleinen Mädchen, die kreuz und quer Fangen spielten, den Raum mit Gekicher und Schreien erfüllten. Sie waren laut und anstrengend, aber wir hatten nicht den Nerv, der Mutter einen ermahnenden Blick zuzuwerfen. «Es ist hoffnungslos mit diesen Leuten», war alles, was Laura sagte.

Wir saßen einer langen Reihe Mammuttrocknern mit Glastüren gegenüber und warteten. Zwei riesenhafte Flachbild-Fernseher zeigten stumm einen Nachrichtenbeitrag über Detroits Autoindustrie, die gleichen lautlosen Bilder wiederholten sich in einer Schleife wie ein wiederkehrender Traum. Ich schaute von Zeit zu Zeit zu den Bildschirmen hinüber, aber Laura ignorierte sie. Wir sahen zu, wie Jeans, Höschen und Röcke in beruhigenden Wirbeln heißer Luft rotierten, während sie in den Riesenmaschinen trockneten, eine Gruppe Tänzer, die umherflogen und ineinanderkrachten, so als hätten sich die Körper ihrer Besitzer befreien können und wären in glücklichere Sphären entschwunden.

«Woher kommen Sie?», fragte ich.

«Mexico City.»

«Das weiß ich.»

Laura grinste.

«Aus welchem Stadtteil, meine ich.»

«Was glaubst du denn, aus welchem ich komme?»

Krähenfüße verästelten sich in ihren Augenwinkeln. Sie trug wenig Make-up – ungewöhnlich für eine mexikanische Hausfrau. Michael Jackson war nur Minuten von seinem Ableben entfernt, und auch die Welt als ganze stand kurz vor dem Umbruch. Auch unsere, aber das war mir nicht bewusst. Ihr schon. Lauras fülliger Körper steckte in einem dunkelblauen Leinenkleid mit Wasserlilienmuster, was wunderbar mit der senffarbenen Vintage-Gucci-Tasche harmonierte, die auf der Waschmaschine lag wie ein Erdferkel auf einer Rinderfarm. Jedes Mal wenn ich mich an Laura in diesem Kleid erinnere, kribbeln mir die Eier.

«Sie sehen nach Süden aus.»

Sie lachte kurz auf.

«Das machst du gut, Landei. Versuch's weiter.»

«Ich würd auf San Ángel tippen.»

Sie kicherte und schaute aus dem Fenster. Hatte sie mich gerade Landei genannt?

«Aufgewachsen bin ich in Polanco, bin aber nach Chimalistac gezogen, als ich geheiratet habe. Seine Familie lebt seit Ewigkeiten dort.» Laura stand auf und griff nach ihrer Tasche. Sie holte ihr Telefon hervor und wischte mit dem Finger den Bildschirm rauf und runter, tat so, als checke sie ihre Nachrichten. Ich holte mein Telefon heraus und fing an, jede ihrer Bewegungen nachzumachen. Ich fragte mich, welche Farbe wohl ihre Brustwarzen hatten.

Wie Laura litt auch ich noch immer unter der Belastung, die es bedeutete, aus der Stadt zu fliehen, in der man geboren wurde. Ich arbeitete für die ‹Abteilung zum Schutz mexikanischer Staatsbürger› des Konsulats, erledigte sinnlose Aufgaben wie etwa illegale Einwanderer zu besuchen, die auf ihre Abschiebung warteten, um ihnen vorzugaukeln, man kümmere sich um sie. Das Secretaría de Relaciones Exteriores hatte mich gerade von Raleigh nach Austin versetzt. Ich war von Mexico City nach Raleigh gezogen, weil meine Eltern mich bekniet hatten, den Job im mexikanischen Auslandsdienst anzunehmen, den mein Vater mir gesichert hatte. Sie selbst waren vor Kurzem nach La Jolla gezogen, weil sie es müde waren, einen Freund nach dem anderen bei helllichtem Tag verschwinden zu sehen, erschöpft davon, sich jeden Morgen zu fragen, wann sie wohl an der Reihe waren. Ich wollte nicht weg. Ich sammelte bei *El Financero* meine ersten Erfahrungen als Reporter, aber mein Dad war der Auffassung, mich zurückzulassen wäre dasselbe, wie Mexiko überhaupt nicht zu verlassen.

In der Anfangszeit nach meinem Umzug nach North Carolina begann ich zu träumen, mich würden meine mexikanischen Freunde aus Butner anrufen und um Hilfe bitten, aber wenn ich im Gefängnis anrief, erfuhr ich, man habe sie bereits an einen geheim gehaltenen Ort gebracht. Ich begann von Grandma zu träumen, in einem ihrer geliebten farbenfrohen seidigen Kleider, die nach Babypuder rochen. Sie saß in ihrem Wohnzimmer, strickte und sang «Solamente Una Vez», als handele es sich bei dem Bolero um ein Schlaflied. An einem Wintermorgen, ein Jahr nachdem ich weggezogen war, starb sie allein in ihrem Apartment an der Cofre de Perote.

«Zeig mir mal deine Hände», sagte Laura. Ich hielt sie ihr hin, die Handflächen nach oben.

Zunächst fasste sie sie ganz vorsichtig an, so als mache sie sich mit einem fremden Gegenstand vertraut. Sie massierte meine Knöchel mit ihren längsten Fingern und mit den Daumen meine Handflächen, auf mütterliche Weise; die Fingerspitzen, lauwarm und unbeansprucht, hatten die Farbe rohen Schweinefleisches.

«Wunderschöne Hände», sagte sie. «So weich und jung. Wie alt bist du?»

«Sechsundzwanzig.»

Sie sah mir in die Augen und kicherte.

«Ich bin fünfundvierzig», sagte sie. «So. Jetzt habe ich es gesagt. Jetzt tun wir so, als hätte ich's nicht getan.»

«Damit hab ich kein Problem», sagte ich, meine Hände noch immer in ihren.

«Noch irgendetwas, das du vielleicht wissen willst, bevor wir den nächsten Schritt machen?»

«Sie meinten, Sie seien verheiratet.»

«Bin ich.» Sie seufzte, ihr Gesicht wurde schlaff. «Wir sind vor fünf Jahren nach Austin gezogen, aber er verbringt noch immer die meiste Zeit in Mexiko. Kümmert sich ums Geschäft, sagt er zumindest. Wir haben zwei Mädchen, eine beendet gerade das College, die andere fängt damit an. Sie leben beide an der Ostküste. Und ich hänge hier fest, in dieser riesigen, superkosmopolitischen Metropole voller Pick-up Trucks, wo man an jeder Ecke mit Aasgeiern oder Rotwild zusammenstoßen kann. Wunderbar, nicht?»

Ich wollte fragen, warum sie Mexiko verlassen hatte, tat es aber nicht.

«Also, aus welchem Stadtteil kommst *du* denn nun?» Lauras Gesicht bekam wieder etwas Spielerisches.

«Werden Sie die Gegend erraten, indem Sie sich an meiner Hand vergreifen?»

«Warum nicht?» Sie roch nach klassischem Parfüm, Chanel N° 5 vielleicht. «Hast du Angst vor menschlicher Berührung? Bist du bereits so amerikanisch geworden?»

«Das ist es nicht, Ma'am. Ich will bloß ein wenig Widerstand leisten. Ich glaube, Ihnen gefällt das.»

«Du klingst definitiv nach Süden. Jardines del Pedregal?»

Ich lachte. Ich steckte meine Hände in die Taschen und küsste sie flüchtig auf die Wange. Ihre Haut hatte etwas von einem Pfirsich.

Später sahen wir zu, wie unsere eigene Kleidung in den Maschinen durcheinanderpurzelte. Sie legte den Kopf auf meine Schulter.

«Gib mir dein Telefon», sagte sie.

Laura richtete die Kamera auf uns, den schlanken nackten Arm ausgestreckt, ihr Fleisch weich und sommersprossig, und kam mit ihrem Gesicht nah an meines heran. Sie schloss die Augen und machte das erste Bild. In den darauffolgenden Tagen würden wir wie verrückt Fotos von uns schießen. Wie wir rohen Oktopus essen; wie wir im Bett liegen, vor dem brennenden Hintergrund der Hügel. Fotos, auf denen ich die Seite ihrer Brüste liebkose. Was würden ihre Töchter sagen, wenn sie diese Bilder sähen?, wollte ich wissen. Was ihr Mann? Sie entgegnete, das sei ihr egal, und knipste weiter à la Amour fou.

Sie tat so, als lecke sie an meinem Ohr, und sagte:

«Eins noch. Sag por vida!»

Der Waschsalon füllte sich mit jungen Hipster-Pärchen, Männern um die fünfzig und unattraktiven jungen Müttern, dicht gefolgt von ihren Kindern. Es hatte etwas Tragisches, seine Kleidung vor anderen zu waschen, und ich fragte mich, warum Laura wohl freiwillig hier war.

«Du hast mir deinen Namen noch gar nicht verraten.»

«Plutarco. Plutarco Mills.»

«Ein bedeutungsschwerer Name für einen flotten, jungen Mann», sagte Laura. «Ich glaube, wir sprechen nun nicht mehr dieselbe Sprache, Mr Mills.» Von da an nannte sie mich nur noch bei meinem Nachnamen. Es machte mich an. Der Klang meines Namens auf ihren Lippen brachte meine Gliedmaßen und Ohren zum Beben. Hätte ich gewusst, was später noch passierte, hätte ich ihre Stimme mit meinem Telefon aufgenommen.

«Doch, das tun wir. Wir sprechen nicht nur dieselbe Sprache, wir reagieren außerdem auf dieselben Reize.» Laura zuzuhören gab mir das Gefühl, zu Hause zu sein: Sie verdrehte Äußerungen zu Fragen, die aus Zweifeln vertrautes Terrain machten.

«Nein, das tun wir nicht, Mr Mills. Du bist jung und glaubst noch an Dinge wie Liebe und Zukunft. Ich habe nicht den Mumm, dich davon abzubringen, nicht solange meine Hände noch an meinen Gelenken hängen, aber eines musst du wissen», sagte sie und hielt inne. «Der Hauptunterschied zwischen uns und anderen Paaren liegt nicht dort, wo du ihn vermutest, in jenen unanständigen Klischees, die du da in deinem kleinen, süßen Gehirn ausbrütest und von denen ich gähnen muss. Der Hauptunterschied zwischen uns, Mr Mills, und ihnen, ihnen allen, ist der, dass jedes Wort, das aus deinem Mund kommt, selbst das einfachste, sich in meinem Herzen in eine Trocken-pflaume aus Pappmaché verwandelt.» Ich stellte mir meine Zunge in ihrem Mund vor, lilafarben geschwollen und feucht. Die Trockner surrten, und unsere heißen Kleidungs-stücke fielen am Boden der Maschinen in sich zusammen, so als sei plötzlich jedes Leben aus ihnen entwichen.

«Würdest du gerne mit mir ausgehen, Mr Mills?», fragte sie, während wir sie herausholten und zurück in Plastik-körbe warfen, zwei grellbunte Haufen aus ununterscheid-baren Stoffen, die kein sinnvolles Ganzes ergaben. Wir tra-ten hinaus in die dunstige Nachmittagsluft. Sie fühlte sich schwer und metallen im Mund an. Der unerwartete Ge-schmack von Smog und verbrannten Trümmerteilen, der stoßweise kam, versetzte mich zurück nach Mexico City. Laura schaute auf und atmete tief ein, und mir wurde klar, dass wir dasselbe empfanden. Nostalgie ist die traurigste Form der Freude.

«Eins noch», sagte sie, an der Tür ihres schwarzen Por-sche Cayenne stehend. «Kondome? Lass stecken. Pfeif ich drauf.»

«Was, wenn *ich* nicht drauf pfeife?»

«Darf ich dich mal was fragen, Mr Mills?», sagte Laura, wobei die Bestimmtheit, mit der sie diese Worte sprach, nicht zu dem plötzlich zarten Klang ihrer Stimme passte. «Dieses Spiel wird nicht viele Runden haben. Bist du Manns genug, der Lady die Führung zu überlassen?»

«Mr Mills!», rief Laura am Telefon. «Wir müssen feiern!»

Es war Freitagnachmittag, und wir wollten uns eigentlich erst Samstag treffen. Die Nachrichten des Tages waren voller Gerüchte, Michael Jackson habe sich das Leben genommen, und Berichten darüber, die Waldbrände in Hill Country seien kurz davor, die Ufer von Lake Travis zu erreichen. Feuerwehrmänner aus allen Winkeln von Texas und Oklahoma hetzten in unsere Richtung, während Jacksons Klassiker aus den Siebzigern und Achtzigern die Spitzenplätze der Charts erreichten.

«Und was?»

«Überraschung, Überraschung! Können wir uns jetzt treffen?»

«Ich bin gerade ziemlich beschäftigt», sagte ich so, dass nur sie es hören konnte.

Ich war im Brackenridge Hospital, übersetzte für eine Familie aus dem Estado de México, dessen heranwachsender Sohn in der Nacht zuvor vor einer Schwulenbar in der East César Chávez schlimm verprügelt worden war, bevor ihn später anonyme Freunde vor der Notaufnahme abgeladen hatten. Die Mutter des Jungen war pummelig und klein. Sie wirkte tief bestürzt, ihre kartonfarbene Haut war von der texanischen Hitze blasig. Ihr Mann trug eine abgewetzte Longhorns-Kappe und erklärte, sie stammten aus Ixtlahuaca. Ich hätte womöglich nie davon gehört, sagte er, aber das hatte ich, weil daheim die meisten Dienstmädchen von dort gekommen waren. Er lebe bereits seit einigen Jahren in Austin, sein Sohn und seine Frau seien aber erst letztes Jahr angekommen. Der Junge sei erst siebzehn, habe aber schon immer ein großes Talent für Kunst besessen, sagte er. Das Wort *Kunst* klang

62

fremd aus seinem Mund. Er wolle Filmemacher werden; in den letzten Monaten habe er an seinem ersten Projekt gearbeitet, mit der engagierten Unterstützung seines Kunstlehrers. «Lehrer *lieben* ihn», sagte der Vater. Der Film trage den Titel *Zombies und Narcos vs. Aliens*, und darin gehe es um Zombies, die die Kontrolle über eine kleine mexikanische Stadt gewinnen wollen, die in den Händen eines grausamen Drogenkartells ist, als ein Angriff von Außerirdischen erfolgt. «Er war sich nicht sicher, wer am Ende gewinnen sollte», sagte der Vater, die wabbeligen Backen glänzend vor Nässe und gerötet. Er sah unbedeutend und verletzlich aus, trotz seiner sonnenverbrannten, starken, haarlosen Arme. Ich war schlecht in meiner Arbeit. Ich hatte keine Ahnung, wie ich diese Leute trösten sollte, wie ich sie glauben machen konnte, dass die Dinge sich bessern würden, weil das in den meisten Fällen einfach nicht stimmte. Ich übersetzte die Prognose des Arztes, dass der Junge zu viele Tritte gegen den Schädel erhalten habe, dieser nun einige Fissuren aufweise und der Junge in ein irreversibles Koma gefallen sei. Mein Telefon klingelte, und ich bat sie, mich einen Moment zu entschuldigen. Als ich Lauras Stimme hörte, fühlte ich mich dankbar und sicher und feige.

«Also können wir uns heute Abend treffen?», fragte sie.

«Klar», sagte ich. «Wo?»

Sie sagte, im Waschsalon. «Ich bringe ein paar Kleidungsstücke mit, und wir werden feiern, während wir ihnen beim Trocknen zuschauen. Wie wär's damit?»

Auch Jahre später denke ich noch über ihre Worte nach.

Jetzt erahne ich Sehnsucht und Ängstlichkeit in ihrer Stimme, aber in jenem Moment erkannte ich nichts außer Lauras ungebärdigem Wesen, einen unaufhaltbaren Sturm, dessen Energie dafür sorgte, dass ich loslachen und mit ihr zusammen sein und sie nackt sehen wollte.

Als ich in das Krankenzimmer zurückkehrte, saßen die Eltern auf Plastikstühlen, blickten ohne jede Hoffnung zu Boden.

Laura kam gegen sieben mit einem Korb voller meister-haft gefalteter Wäsche in den Waschsalon marschiert. Sie trug ein enges weißes Kleid und kupferfarbene Sandalen mit Keilabsatz. Als sie mich sah, stellte sie den Korb ab, nahm mich bei der Hand und zog mich ins Freie.

Sie öffnete den Kofferraum ihres SUV und brachte eine kleine Kühlbox mit Eis, zwei fuchsienfarbige Isolierbecher und eine Flasche Taittinger Brut Millésimé 1998 zum Vor-schein.

«Ich wollte es nicht übertreiben, deshalb kamen rich-tige Sektflöten nicht in Frage», sagte sie wie der kultivierte Gastgeber einer Cocktailparty, der sich für die überwälti-genden Hors d'œuvres entschuldigte. Sie reichte mir die Champagnerflasche.

«Sie sind tatsächlich durch und durch Norden.»

«Halt den Mund.» Laura lachte laut los, während ich die perlende Flüssigkeit einschenkte. «Okay, lass uns ansto-ßen!»

«Auf was?»

«Auf dieses hinreißende Jean-Paul-Gaultier-Ding, das

ich heute bei Neiman erworben habe», sagte sie, wobei sie langsam den Kragen ihres Kleids herunterzog, um mir ein Scheibchen cremefarbener Rüsche zu zeigen, und stieß mit ihrem Becher gegen meinen. Die Abendluft war atomar heiß, wir waren allein auf dem Parkplatz, und nichts bewegte sich, nichts sonst machte ein Geräusch. Ich hatte das Gefühl, als seien wir die Letzten, die in Austin übrig geblieben waren, die letzten Menschen auf Erden.

«Meinen Sie das ernst?», sagte ich und lachte nervös auf.

«Aber absolut, Mr Mills. Aber warte, da ist noch etwas.»

«Ich bin ganz Ohr, Ma'am.»

«Ich werde deinen schönen Händen heute Abend gestatten, ihn für mich aufzuhaken.»

Bevor ich antworten konnte, küsste sie mich zum ersten Mal auf die Lippen, jetzt erinnere ich es als den kindischen Kuss eines zitternden Mädchens, aber in dem Moment spürte ich nichts außer ihrer Feuchtigkeit auf meiner und einer schnellen Erektion. Sie füllte unsere Becher nach und zog mich zurück in den Waschsalon.

Wir sortierten unsere Kleidungsstücke in zwei Kategorien, weiß und alles Übrige, und warfen die Haufen in einen Trockner. Wir schmissen die Maschinen an und setzten uns, um zuzusehen, wie jede Ladung beim Trocknen eine ganz bestimmte Farbpalette kreierte, in einer Hand Behelfssektflöten, mit der anderen die Hand des anderen haltend, wie ein Paar unerfahrener Schulkinder. Meine Gedanken rasten, als ich mir die Textur ihrer Unterwäsche vorstellte.

«Weiß oder Farbe?»

«Weiß hat so etwas Sanftes.»

«Ja, oder? Und Farbe sieht irgendwie stürmisch und intensiv aus, und, na ja, *sexy*.»

«Ja, total.» Sie seufzte.

«Sanft oder sexy? Entscheiden Sie sich für eines.»

«Ich kann nicht», sagte Laura. «Ich liebe es einfach, zuzusehen, wie all diese Kleidungsstücke davonfliegen. Ich wünschte, ich könnte dasselbe tun.»

Wir verfielen in Schweigen. Ich fühlte mich Laura so nah, näher, als ich mich je jemandem gefühlt hatte; ihr Körper überspülte mich vollständig mit Hitzewellen.

«Das können Sie, wenn Sie wollen», sagte ich, schüttelte dabei meinen Becher; er war jetzt leer.

«Das ist nicht so einfach, Mr Mills.» Ihre Stimme bekam etwas Säuerliches. «Du glaubst, das wäre es, weil du jugendlich und unversehrt bist, aber das ist es nicht.»

«O doch, das *ist* es. Ich kann Ihnen dabei helfen, Ma'am. Ich kann mich vor den Trockner stellen, während Sie drin sind, damit die Filialleiterin Sie nicht sieht.»

«Machst du Witze?» Sie starrte mich an, perplex. Ausnahmsweise fühlte ich mich jetzt einmal älter und stärker.

«Ich habe noch nie etwas so ernst gemeint, Ma'am. Ich kann es testen. Wenn es nicht funktioniert, drück ich einfach die Tür auf.»

Ein schelmisches Grinsen breitete sich auf ihrem Gesicht aus.

«Würdest du das für mich tun, Mr Mills?», fragte sie mädchenhaft und fuhr mit einem langen, perfekt manikürten Zeigefinger meinen schlanken Bizeps entlang.

«Sie sagten, ich dürfe Ihnen heute Abend die Unterwäsche ausziehen, Ma'am. Das ist das Mindeste, was ich tun kann.»

Wir holten die Wäsche aus den Trocknern und warfen sie in einen Metallkorb auf Rädern. Wir warteten, bis die Filialleiterin sich nach hinten verzogen hatte, dann kletterte ich in den Trockner. Laura und ich befanden, dass der Kaltluft-Modus wohl der sicherste sei. Sobald ich drin war, schob sie den Metallkorb vor den Trockner und tat so, als sei sie mit unseren Kleidungsstücken beschäftigt.

«Stoß dir nicht den Kopf, Mr Mills», flüsterte sie, bevor sie die Tür schloss. Mir war sofort bewusst, wie Laika sich gefühlt haben musste, als man sie ins All befördert hatte – dieser verdammte, einsame Hund und ich, zwei kleine haarige Tierchen im Weltall auf der Suche nach unbekannten Lebensformen.

Die ersten paar Umdrehungen, während deren sich mein Körper an die metallene Härte seines neuen Habitats gewöhnte, waren heftig. Die Luft war kratzig und hatte einen künstlichen, unheimlichen Geschmack. Sie fühlte sich bleiern an in meinen Lungen, so als würde ich aus einer Sauerstoffflasche, gefüllt mit morgendlichem Mundgeruch, atmen. Dann aber verflachte sich der Raum, und die Luft klärte sich, das Gefühl, im Kreis zu fliegen, verschwand, und ich war frei. Mein Körper fühlte sich leicht an, so als bestünde er ausschließlich aus Knorpelmasse, die Richtung meines Fluges wurde durch dezente Bewegungen meiner Gliedmaßen, meiner Nase oder Augenbrauen bestimmt. Ich schwebte über der großen Stadt, nahm einen Kaugummi-Geruch in der Luft wahr, an den ich mich nicht erinnern konnte. Ich erkannte das Dach des Hauses, in dem ich aufgewachsen war, und die Tennisplätze des Country Clubs, wo ich reiten gelernt hatte und wo ich mit vier beinahe ertrunken wäre, und den üppigen, endlosen Garten, wo ich mich selbst und Grandma auf dem Rasen sah, die ein Buch aus der Reihe *Les Aventures de Tintin* in ihren beutelhaften Händen hielt, während mein Kopf in ihrem Schoß ruhte.

Dann drangen die gedämpften Rufe der Filialleiterin in den Trockner. Als die Maschine stoppte, knallte ich hart zu Boden; gut achtzig Kilo Fleisch und Knochen, die plötzlich wieder zurück in meinem Körper waren. Mir war heiß, und ich empfand Platzangst.

«Was zur Hölle machen Sie denn da?» Die blasse junge Frau, gekleidet in einer traurigen, blau-grauen Uniform, stand jetzt vor dem Trockner, die Augen weit aufgerissen. «Kommen Sie verdammt noch mal da raus! Sofort! Und Sie» – sie wandte sich an Laura, deren Gesicht ich nicht sehen konnte, weil ich verzweifelt aus dem Trockner zu kriechen versuchte – «Sie sollten sich schämen! In Ihrem Alter!»

Kunden jeglichen Alters, aller Ethnien und Kleidungspräferenzen schauten amüsiert zu, wie die Filialleiterin uns zur Tür hinauseskortierte.

«Sollte ich Sie beide hier je wieder sehen, ich schwöre bei Gott, ich rufe die Polizei!», brüllte sie, als sie Lauras Korb durcheinandergewürfelter Kleidungsstücke auf den Parkplatz schleuderte.

«Alles in Ordnung mit dir?», fragte Laura.

«Mir geht's gut. Es gibt nur leider Leute, die keinen Spaß verstehen. Schade.»

«Ich rede nicht von ihr, Mr Mills», sagte sie besorgt. «Bist du sicher, dass du dir nicht wehgetan hast?»

«Ja, bei mir ist alles bestens.»

«Die Geräusche deines Körpers, als er gegen die Trommel knallte, waren unerträglich. Deswegen hat es die Filialleiterin überhaupt erst bemerkt, und ich bin ausgeflippt und wusste nicht, wie man das verdammte Ding auskriegt. Ein paar Frauen haben sogar zu kreischen angefangen, als sie sahen, wie du da drin wie ein Sack Kartoffeln herumgeschleudert wurdest», sagte Laura und musste sich das Lachen verkneifen.

«Tja, Ma'am», sagte ich und brachte mit den Fingern mein Haar wieder in Ordnung, fühlte mich plötzlich unendlich lebendig. «Man muss es einfach mal probiert haben.»

«Das arme Mädchen wollte uns die Cops auf den Hals hetzen. Nach einem *Polizeifoto* ist mir allerdings heute Abend nicht so recht, Mr Mills», sagte sie.

«Mein Trockner zu Hause funktioniert einwandfrei», antwortete ich. «Er ist nicht ganz so groß, aber ich bin sicher, Sie werden hineinpassen.»

Bernsteinfarbenes Abendlicht hatte sich über die Stadt gelegt, als wir bei mir ankamen. Ich wohnte im vierzehnten Stock eines nagelneuen Apartmenthauses an der Second Street. Laura überschlug sich beinahe fünf Minuten lang nervös in meinem Trockner, bis ich mir Sorgen machte, dass der Sauerstoffmangel oder Adrenalinkick ihr die Schmerzempfindlichkeit nehmen würde und sie am nächsten Tag an unerkannten Verletzungen oder inneren Blutungen sterben würde. Mit einem melancholischen Grinsen im Gesicht stieg sie aus der Maschine, und wir gingen direkt ins Schlafzimmer.

Sie war überrascht von meinem haarigen Hintern und bat mich, ihr die Geschichte der Narbe zu erzählen, die meine Leiste hinablief. Ihr Kleid und der neue BH, den ich ihr auszuziehen geholfen hatte, hingen über einem Stuhl.

Wir bestellten Sushi, und ich brachte es zusammen mit einer Flasche Verdejo ans Bett. Wir aßen Thunfisch-Masago-Maki, während sie von uns Nacktbilder machte.

«Warum sind Sie hier, Ma'am?», fragte ich schließlich.

«Wie meinst du das?»

«Warum seid ihr geflohen?»

«Wir hatten es so schön zusammen, Mr Mills», sagte sie, mütterlich im Ton. Sie streichelte mir übers Bein, dann über meine Brust, beschrieb mit ihrem Zeigefinger Kreise um meine Brustwarze herum. «Warum das kaputtmachen?»

Ich setzte zu einer Entschuldigung an, aber sie unterbrach mich.

«Ich mache nur Spaß, Mr Mills. Wir sind da alle gleich. Irgendwann fragen wir uns das alle.» Sie nahm einen kleinen Schluck Wein. In der Ferne heulte eine Sirene. Ich sagte nichts.

«Mein Vater», sagte sie. «Eines Abends verließ er sein

Büro; es war Ende Mai. Er sollte eigentlich nach Hause fahren, tat er aber nicht. Zunächst dachte ich nicht, dass irgendetwas nicht stimmte. Ich hielt es sogar für normal. Er war kein Kind mehr, seine Kinder waren alle erwachsen; er war Witwer. Warum sollte er Tag für Tag nach Hause kommen? Wofür, zu wem? Aber tags darauf rief sein Assistent an, um sich zu erkundigen, wo er sei. Er war nicht zur Arbeit erschienen. Wir riefen auf seinem Handy an, aber er nahm nicht ab. Wir haben ihn nie wiedergesehen. Wir mussten alle fliehen. Wir wussten nicht, was uns womöglich blühte, wer womöglich als Nächstes dran war.»

Mir gingen viele Dinge durch den Kopf, die ich sagen wollte, aber nichts davon fühlte sich richtig an. Ich wisperte, dass mir das sehr leid tue.

«Aber ich habe ihn heute Abend im Trockner gesehen», fuhr Laura fort, so als habe sie mich nicht gehört. «Kaum war ich in der Luft, ging es schon nach Paris – ich konnte nichts daran ändern», sagte sie. «Das war seine Lieblingsstadt. Ich schwebte über Le Marais, hielt nach ihm Ausschau. Ich entdeckte ihn vor L'As, wo er Falafel bestellte, was schräg war, weil er immer gesagt hatte, *garbanzo* sei Armeleuteessen. Ich rief seinen Namen, und er sah zu mir herauf; ich stand über ihm in der Luft wie eine übermütige Libelle. Es schien ihm peinlich, dass ich ihn aufgestöbert hatte, aber ich lächelte, um ihm zu zeigen, dass das nicht nötig war. Ich hatte in der Vergangenheit schon häufiger solche Begegnungen mit ihm, in Träumen, stets im Ausland, aber keine so wie diese. Oft habe ich geträumt, wie wir im Eingang eines Kaufhauses ineinanderlaufen,

Barneys oder Selfridges – er kommt gerade heraus, als ich hinein gehe. Er läuft rot an, wenn er mich sieht, und stammelt herum, rackert sich ab, sich zu erklären. Meine Freude ist unendlich. Ich küsse ihn auf beide Wangen und die Stirn und wieder auf die Wangen, nehme sein Gesicht so fest in die Hände, als wollte ich ihn nie wieder loslassen. Die Art und Weise, wie er mich ansieht, der Blick, so reuig und gramvoll und doch so frei und lebendig, macht mich glauben, dass er überhaupt nicht entführt worden ist, dass er einfach abgehauen ist.»

«Hast du diesmal etwas zu ihm sagen können?»

«Ich habe mit den Lippen geformt, er sehe schneidig aus, und er schien bewegt, hat aber nicht geantwortet.»

Lauras Augen waren geschlossen in dem spärlichen Licht, ihr Gesichtsausdruck war schwer zu lesen. Im Zimmer roch es nach Sojasauce und Ammoniak; ihre Haut nach Downy.

«Ich hätte dazu nicht die Nerven», sagte ich nach einer Weile.

«Was meinst du?», fragte sie.

«Die Menschen zurückzulassen, die ich liebe, ohne etwas zu sagen. Einfach abzuhauen.»

«Ich behaupte nicht, dass er das getan hat», sagte Laura mit einem Anflug von Verbitterung in der Stimme. «Aber sollte er es getan haben, würde ich es ihm nicht vorwerfen.»

«Warum sollte man von denen wegwollen, die man am meisten lieb hat? Ich weiß nicht, ob ich demjenigen vergeben könnte, der mir das angetan hat.»

72

«Du bist so ein Welpe, Mr Mills», sagte Laura und griff nach dem Sushi. Sie aß langsam und mit offenem Mund, produzierte unschöne Geräusche, so als habe sie sich plötzlich in ein verzogenes Kind verwandelt.

«Warum sollte man denjenigen, denen man so nahesteht, wehtun wollen?»

«Komm schon, Mr Mills. Das ist nicht der Punkt – das weißt du. Wir werden dazu erzogen, den Erwartungen gerecht zu werden, die unsere dicken, fetten Nachnamen an uns stellen, nicht dazu, uns selbst zu verstehen. Aber die Zeit ist unerbittlich. Und wenn der Bauch anfängt zu hängen und die Haut sich orange verfärbt, fällt auch alles andere dem Verfall anheim. Wenn man älter wird und begreift, dass es das jetzt war, will man Dinge wie *Ich liebe dich* oder *Familie geht über alles* nicht hören. Das ist alles gut und schön, aber nicht genug, um dich am Leben zu erhalten. Du willst stattdessen hören: *Ich will dich ficken*, oder: *Das Leben ohne dich wäre bedeutungslos*. Aber diese Dinge bekommt man nicht mehr zu hören. Man fragt sich, ob jemand einen wohl noch attraktiv findet, ob es wohl noch etwas Aufregenderes geben würde als das, für das man sich entschieden hat, und man will es finden, man will *sich selbst verstehen*, aber jetzt hat man Kinder, Menschen, deren sogenanntes Glück von einem abhängt, Menschen, denen man nun beibringt, an Dinge wie Liebe und Loyalität und Familie zu glauben.» Die sexy Stimme war verschwunden, ersetzt durch die eines abgelebten, betrunkenen alten Mannes. «Du bist jung und romantisch und der Eigentümer eines wunderschönen Schwanzes,

Mr Mills.» Sie drückte mich zart zwischen den Beinen. «Ehre diesen Schwanz. Warte nicht auf eine zweite Chance.»

Ich schwieg, schämte mich für sie, gleichzeitig hatte ich Angst vor ihr. Naiv, wie ich war, glaubte ich, dass sie falschlag – dass das Leben langsam dahinlaufe und einem auf Schritt und Tritt Chancen darbot. Aber Glück und Unglück sind gleichermaßen flüchtig – Verlangen und Bedauern ist alles, was bleibt –, aber das wusste ich damals noch nicht. Ich wusste bloß, dass ich wollte, sie möge aufhören. Im Dunkeln fuhr ich mit den Händen hinauf zu ihren Brüsten.

Wir schliefen ein, fest aneinandergedrückt, in den gespenstischen Stunden des frühen Morgens.

Laura und ich verbrachten das Wochenende in meinem Apartment, wechselten zwischen Bett und Trockner – wir stellten fest, dass ich ebenfalls hineinpasste, wenn auch gerade so – und Küche, wo wir unseren raubtiergleichen Appetit mit Resten wochenalter Mitnahmegerichte und Tiefkühlpizzen stillten. Am Sonntag herrschte draußen ungewöhnliche Unruhe. Im Gebäude war Bewegung, ebenso weiter entfernt, entlang der Straße; es war die Art Geräusche, die man hört, wenn jemand ein- oder auszieht, gemischt mit einer Kakophonie von Sirenen.

Es war Sonntag, fast Mitternacht, als Laura zum Fenster ging, die Vorhänge zur Seite schob und nach Luft schnappte.

«Mr Mills!»

Wir hatten seit mehr als 48 Stunden weder Fernsehen geschaut noch unsere Telefone gecheckt. Wir hatten uns selbst von der Welt abgemeldet, und jetzt meldete sich die Welt bei uns zurück. Die Hill-County-Waldbrände hatten die Stadt erreicht, und im Hintergrund loderten wütend die Hügel von Westlake, wo Laura wohnte, eine hypnotische Woge brennender Vorhänge, die das Sommerdunkel orangefarben rahmten.

Wir schalteten den Fernseher an. Die Waldbrände verwiesen jeglichen Beitrag, der mit Michael Jacksons Tod zu tun hatte, auf die hinteren Plätze, aber die Informationen waren vage und chaotisch. Am nächsten Morgen würde eine Zwangsevakuierung der Stadt erfolgen. Militärmaschinen mit Flüchtenden starteten alle paar Minuten. Ich fragte Laura, wie ich helfen könne, Anrufe tätigen, Kontakt mit ihrer Familie in Mexiko oder sonst wo aufnehmen, aber sie ignorierte mich. Sie saß auf dem Bett und starrte mit leerem Blick aus dem Fenster. Ich wusste nicht, was ich sagen sollte.

«Bitte mach den Fernseher und das Licht aus», sagte sie. Ich zog die Vorhänge zu und schickte mich an, aus dem Zimmer zu gehen, aber sie winkte mich zu sich heran. Sie ging wieder zu Bett und bat mich, mich zu ihr zu legen.

«Wir können nicht hierbleiben, Laura. Wir müssen gehen.»

«Ich will darüber jetzt im Moment nicht reden.»

Die Atmosphäre von Frieden und Abgeschiedenheit war

aus dem Raum gewichen. Die Sirenen heulten wie Mütter, die den Verlust eines Kindes beweinten; das hatten sie das ganze Wochenende über getan, aber erst jetzt verstand ich, warum, ich konnte sie nicht länger ignorieren. Laura kuschelte sich an mich, als liege ein endloser Sommer der Liebe noch vor uns, aber die Haut ihres Hinterns fühlte sich trocken an meinem Bauch an, und unsere Zehen blieben eiskalt, selbst nachdem wir sie ineinander verhakt hatten.

«Hast du je etwas von José Emilio Pacheco gelesen, Mr Mills?», fragte Laura nach einer Weile.

«Ein bisschen.»

«Kannst du zufällig eines seiner Gedichte auswendig?»

«Leider nein, Ma'am; tut mir leid. Ich erinnere mich vage an ein paar Zeilen, die ich an der Uni gelesen habe.»

«Wie lauten sie?»

«Mal überlegen … Da gab es eines darüber, dass man dem Meer im Grunde nur einmal im Leben begegnet, und ein anderes, das lautete: *Wenn man vierzig wird / wird man zu all dem, was man hasste / als man zwanzig war.* So in etwa.»

«Mr Mills?»

«Ja, Ma'am?»

«Dein Telefon.»

Ich reichte es ihr, und sie machte das letzte Bild von uns – sie lehnte mit dem Rücken an mir, wir beide schauten zur Seite. Bis zum heutigen Tag bleibt das Bild für mich düster und unscharf.

Ich floh am kommenden Nachmittag aus Austin. Die mexikanische Regierung stellte eine Maschine, um das Konsulatspersonal nach Houston auszufliegen, wo ich die folgenden Wochen verbrachte. Trotz der Anstrengungen der Feuerwehrleute und der Nationalgarde fegten die Waldbrände durch die sich immer weiter ausbreitenden Vororte der Stadt. Der Sitz der Hauptstadt musste vorübergehend nach Houston verlegt werden. Das Konsulat in Austin wurde nie wieder eröffnet.

Als Entschädigung dafür, alles verloren zu haben, bot uns das Secretaría de Relaciones Exteriores an, uns zu versetzen, wohin wir auch immer wollten. Nachdem ich meine Eltern in Kalifornien besucht hatte, zog ich nach Paris, wo ich die nächsten fünf Jahre damit zubrachte, morgens für die Botschaft zu arbeiten und nachmittags die wackeligen Kopfsteinpflasterstraßen des Rive Gauche und Rive Droite entlangzulaufen, über den Place Vendôme zu spazieren sowie die Rue de Saint-Honoré und die Champs-Élysées entlangzuflanieren und nach Laura Ausschau zu halten. Später wurde ich nach São Paulo versetzt, wo ich fünf triste Jahre verbrachte, und wurde dann als Konsul nach Zürich berufen, wo meine Hoffnungen, Laura zufällig auf der Straße zu begegnen, ihren Tiefpunkt erreichten, weil ich mir sicher war, sie würde sich niemals einen solch abgehobenen Ort aussuchen. Während all dieser Jahre widerstand ich dem Versuch, noch einmal in einen Trockner zu klettern. Während meines vierten Jahres erfuhr ich von einer freien Stelle in der Schutzabteilung des Konsulats in New York, einem verrufenen Posten im mittleren Dienst, der mich erneut dazu zwingen würde, so zu tun, als nehme ich tatsächlich Anteil. Haben wollte ich ihn trotzdem, weil ich zurück nach Amerika wollte.

Kurz nach meiner Ankunft in Manhattan landete die Einladung zu einer Ausstellungseröffnung einer mexikanischen Künstlerin in einer Galerie in SoHo im Posteingang des Konsulats:

People Bleeding Firecrackers *ist eine Serie von 3D-Hologrammen, in denen Nicolasa Gutiérrez-Arteaga (Chimalistac, Mexiko, 1991) die Städte rekonstruiert, in denen sie aufgewachsen ist – Mexico City und Austin, Texas –, und sie zu einer einzigen Heimatlandschaft verschmelzen lässt, flüchtig und trügerisch.*

Ich erkannte den Namen der Künstlerin sofort wieder. Ich suchte im Internet nach ihr. Als ich ein Bild von ihr fand, kräuselten sich die Haare auf meinen Armen. Das Foto zeigte eine junge Frau, deren Gesichtszüge vollkommen vertraut aussahen. Sie hatte die Augen ihrer Mutter, aber Nicolasas sahen unergründlich traurig aus. Es war, als sähe ich eine Version von Laura, verzerrt von Wasser, Erinnerung und Fantasie. Auf der Einladung stand, die Ausstellung würde in ein paar Tagen eröffnet werden, aber so lange warten konnte ich nicht. Ich rannte aus meinem Büro und hielt ein Taxi an.

Die Galerie lag im Erdgeschoss eines Gebäudes mit gusseiserner Fassade aus dem 19. Jahrhundert und ging auf eine ruhige Straße mit Kopfsteinpflaster hinaus. Ein junger, rothaariger Mann empfing mich an der Tür mit großem Zeremoniell. Manieren der alten Schule waren wieder einmal en vogue.

«Ms Arteaga ist zurzeit nicht hier, Sir», sagte er, und mein Herz begann zu kribbeln. «Dürfte ich vielleicht Ihren Namen erfahren?»

«Plutarco Mills. Mexikanisches Konsulat. Kommt sie heute noch zurück?»

«Tut sie, in der Tat.»

«Würde es Ihnen etwas ausmachen, wenn ich warte?»

«Nicht im Geringsten, Sir», sagte er und schaute erschrocken drein. «Bitte machen Sie es sich bequem.» Die Galerie bestand aus einem riesigen weißen Raum, von hellem Licht durchflutet, der nicht zum Bleiben einlud, aber ich wollte nicht gehen. Ich war ängstlich und voller Erwartung. Ich war überzeugt, Laura würde jede Minute eintreffen, im Schlepptau ihrer jetzt berühmten Tochter, und ihre Rolle der stolzen und unterwürfigen mexikanischen Mutter spielen.

Nach einer Stunde platzte eine Frau in die Galerie, die Arme voller Einkaufstaschen. Sie war es. Der junge Mann nahm ihr behände die Taschen ab und flüsterte ihr etwas ins Ohr. Nicolasa sah mich misstrauisch an. Der Typ ließ uns allein. Als ich auf sie zuging, räusperte ich mich.

«Plutarco Mills, mexikanisches Konsulat», sagte ich, versuchte nicht zu stammeln, während ich Nicolasa meine zittrige Hand reichte, die Innenfläche beschämend feucht. «Freut mich sehr, Sie kennenzulernen, Ms Gutiérrez.»

Sie war schlank und groß gewachsen und trug ein umwerfendes zitroniges Parfüm, das ich nicht kannte. Sie war ganz in Schwarz gekleidet. Leibhaftig vor einem stehend, war sie nicht auch nur ansatzweise so hübsch oder faszinierend wie ihre Mutter.

«Arteaga, genau genommen. Freut mich auch», sagte sie. Ich merkte, dass sie Letzteres nicht ernst meinte.

«Ich bin hier, um Ihnen mitzuteilen, dass alle im Konsulat sich sehr auf die Eröffnung Ihrer Ausstellung freuen», sagte ich auf Spanisch. Schweißperlen bildeten sich auf meiner Stirn. «Wenn wir irgendetwas für Sie tun können, lassen Sie es uns bitte wissen.»

«Vielen Dank. Das ist lieb von Ihnen», antwortete sie, wechselte ihrerseits ins Englische zurück, was mir das Herz brach. Sie schenkte mir ein diplomatisches Lächeln, sah aber noch immer befremdet aus. Das Wort *lieb* war nichts als reine Höflichkeit. Ich suchte nach einem Widerhall von Lauras Wildheit, fand aber nichts.

«Es ist komisch», sagte Nicolasa, «ich kenne eine Reihe von Leuten am Konsulat, aber Ihren Namen habe ich noch nie gehört.»

«Ich bin neu», antwortete ich. «Nach vielen Jahren im Ausland bin ich gerade erst in die Staaten zurückgekehrt. Zuletzt habe ich hier beim Konsulat in Austin gearbeitet.»

«Tatsächlich? Ich habe dort eine Weile gelebt», gab Nicolasa preis, so als wüsste ich das nicht bereits. Ihr Gesicht erhellte sich. Ich stellte mir ihre Mutter in Austin vor, wie ich es noch nie getan hatte, wie sie bei H-E-B Lebensmittel einkaufte, die Mädchen zum Fußballtraining, zum Malunterricht, zu Arztterminen und Kindergeburtstagen brachte, endlose Elternabende besuchte, ihren Mann vom Flughafen abholte, mit ihrem Cayenne lustlos den Highway 360 entlangfuhr, ganz allein, eine Welt von zu Hause entfernt, wie sie sinnlos kreuz und quer durch einen wunderschönen, bedeutungslosen Landstrich rauschte auf der Suche nach etwas, irgendetwas, das ihr einen Grund gab weiterzuleben. «Es war meine zweite Heimat. Austin war früher eine hinreißende Stadt.»

Ich wollte ihr sagen, dass ich die Stadt ebenso in Erinnerung hatte, allerdings wären sich ihre und meine Gründe ins Gehege gekommen. Ich wünschte mir, sie würde das Wort *hinreißend* wiederholen, denn wenn sie es sagte, klang sie wie ihre Mutter.

Hinreißend.

«Tatsächlich glaube ich, ich bin Ihren Eltern dort einmal begegnet», sagte ich. «Wie geht es Ihrer Familie?»

«Es geht allen gut, danke.» Sie sah genervt aus. «Zur Eröffnung kommen sie aus Boston hergeflogen. Ich hoffe, Sie werden auch da sein, Mr Mills.» Ich wusste, sie wollte, dass ich gehe, und dass sie eigentlich gar keine Einladung aussprechen wollte. Ich machte ihr Angst, aber sie zwang sich selbst dazu, Dinge zu sagen, die sie nicht ehrlich meinte, bloß aus reiner anerzogener Höflichkeit mexikanischer Prägung. Sie war schließlich doch eine von uns. Ich stellte mir vor, dass Laura Stolz empfand, gleichzeitig aber unglücklich war über die vorzüglichen und selbstzerstörerischen Manieren ihrer Tochter.

«Das kann ich natürlich unmöglich ausschlagen», sagte ich mit zitternder Stimme. Ich sah dieses blasse, mir unbekannte Mädchen vor mir stehen, einem völlig Fremden, und begriff, wie absurd meine Anwesenheit dort war, wie verstörend und unheimlich mein Besuch auf sie wirken musste. Mich zu entschuldigen und augenblicklich zu gehen war jetzt das Richtige, das einzig Mögliche, was zu tun war. Aber ich konnte mich nicht dazu durchringen.

«Ich kann es kaum erwarten, Ihre Mutter wiederzusehen, Nicolasa», hörte ich mich sagen, so als habe jemand anderes die Worte vorgebracht. «Selbst nach all den Jahren habe ich sie nie vergessen können.»

«Meine Mutter wird nicht dabei sein», sagte Nicolasa ruhig. «Sie starb 2009 in der großen Feuersbrunst in Austin.»

«Oh», war alles, was aus meinem Mund kam.

Und als wüsste sie genau, was nun die richtigen Worte waren, fügte sie hinzu: «Es tut mir sehr leid, Mr Mills.»

Am allerletzten Tag, an dem ich sie sah, weckte mich Laura mit einem Wispern. Es war sehr früh am Morgen.

Sie sagte, sie würde gehen. Ich fragte, wo sie hinwolle. Sie sagte, das wisse sie nicht. Ich wollte mit ihr gehen, mit ihr zusammen aus Austin fliehen.

Sie sagte, Nein.

Sie wolle das allein tun. Ich sagte, wir bildeten eine eigene Sphäre, wir seien ein Elefant, der auf dem Mond seine eigene Schwerelosigkeit entdeckt habe; wir müssten eine Sphäre bleiben.

Sie lachte, als wäre sie hundert Jahre alt, und ihr Gesicht verdunkelte sich vor Traurigkeit. Sie sagte, sie wünsche mir Glück und sie hoffe, ich würde jemanden finden, der mich begeisterte.

Ich insistierte, und sie nahm mein Gesicht in ihre Hände. Sie kam ganz nah an mich heran, so, als seien noch andere Leute im Zimmer.

«Auf Wiedersehen, Mr Mills», hauchte sie mir ins Ohr, als würde sie mir ein Geheimnis anvertrauen.

Ich balle meine Hände zu Fäusten
und sie sehen aus
wie die eines anderen

«Warte, Homero. Hast du das gehört?»

«Hab ich was gehört?»

«Dieses Geräusch. Hör mal. Da. In der Küche.»

«Wie hört es sich an?»

«Wie ein Kratzen.»

«Dich von dem Zeug probieren zu lassen war keine gute Idee, Ximena. Das grillt dir das Hirn.»

«Ich mein's ernst, Homero. Da sind *Geräusche* im Apartment. *Echt jetzt.*»

«Ich weiß nicht, wovon du redest, Zitterbacke.»

«Warte. Jetzt hat es aufgehört.»

«Wie auch immer.»

«Na ja, jedenfalls. Du wolltest gerade sagen …»

«Ach, genau. Stell dir vor, du würdest fünf Stunden lang einfach dahingleiten. Du könntest fliegen, wohin du willst, frei von allem und jedem, ohne dir über irgendwelchen Scheiß Sorgen zu machen. Jetzt, wenn du Flügel hättest.»

«Wie ein Adler, krass majestätisch und bedrohlich? Oder wie ein Monarchfalter? Zart und niedlich, aber komplett unzerstörbar?»

«Wie ein Flugzeug. Als hättest du Stahlflügel, aber sie wären ein natürlicher Teil deines Körpers.»

«Whoa, Alter. Das ist ganz schön unheimlich.»

«So wie ich.»

«Träum weiter.»

«Ximena?»

«Was ist?»

«Was sind das für Dinger auf den Vorhängen?»

«Die niedlichen kleinen Käfer, die draufgedruckt sind? Die blauen sehen wie Fliegen aus, oder? Und die anderen – sind das nicht Marienkäfer?»

«Das ist ja übel. Und *mega* schwul. Wer hängt sich bitte im *Wohnzimmer* Vorhänge mit *Käfern* auf?»

«Ich find sie ganz cool.»

«Dir muss nicht *alles* gefallen, bloß weil wir hier sind, Ximena. Wir beleidigen Philippe nicht, nur weil uns sein Apartment nicht gefällt. Er kann uns nicht hören, weißt du? Sie sind *widerlich*.»

«Ich versuch bloß, *irgendetwas* hier zu mögen, okay?»

«Dann guck dir nicht die Fenster an. Die Vorhänge sind echt scheiße hässlich.»

«Homero?»

«Was jetzt?»

«Erinnerst du dich an das eine Mal, wo wir alle zusammen nach New York gefahren sind?»

«Zu Weihnachten?»

«Wo haben wir da noch mal abends gegessen?»

«Im Plaza, glaub ich. Oder im Waldorf. In einem dieser Hotels am Central Park jedenfalls.»

«Als Mom und Dad meinten, wir könnten in Philippes Apartment wohnen, hatte ich mir so was in der Richtung vorgestellt, irgendwo am Park, mit Pförtner und allem. Aber nicht *so was*.»

«Immerhin sind wir nicht in Harlem, Zitterbacke. Oder *Brooklyn*.»

«Waren Grandma und Grandpa bei der Reise auch mit dabei?»

«Ja klar. Am Weihnachtstag ist Grandpa mit dir, mir, Nico und Fer zu FAO Schwarz gegangen, während die anderen sich fürs Abendessen fertig gemacht haben. Er hat uns Tamagotchis gekauft. Mom und Tante Laura waren komplett angepisst, aber Grandma meinte wie immer, sie sollten sich mal abregen.»

«Ich kann mich an Grandma kaum erinnern.»

«Du warst zu klein, Zitterbacke.»

«Glaubst du, dass sie zuschaut?»

«*Von oben?*»

«Mhm-mhm.»

«Nee. Ist aber auch besser so.»

«Wieso meinst du?»

«Weil es sie noch mal umbringen würde – wenn sie von Grandpa erfahren würde.»

«Homero?»

«Ja, Zitterbacke?»

«Es gibt da ja diese *Mädchensache*, die ich immer mit Carla und Michelle besprochen habe?»

«Wenn es das ist, was ich denke, fängst *du* besser gar nicht erst damit an.»

«Hab sie erst heute bekommen. Und es fühlt sich an, als ob *es lebt*, Mann.»

«Too much information, Alter.»

«Mit wem soll ich denn jetzt diese Dinge bereden?»

«Nicht mit mir. Das ist *widerlich*. Rede mit Mom, wenn sie anruft.»

«Hast du sie nicht alle? ‹Hey, Mom! Stell dir vor, ich hab meine Periode! Fünf Tage zu spät. Wenn das mal keine *Erleichterung* ist!›»

«Ximena, hör auf. Ich mein's ernst.»

«Du hast leicht reden. Ihr Typen treibt es, wie ihr lustig seid, und alles ist cool. Wir Mädchen lassen uns da mal auf was ein und sind gleich am Arsch. Das ist unfair.»

«Mag sein, aber ich bin nicht die verdammte Doktor Ruth, alles klar? Sprich mir nach: Too much information.»

«Wie alt bist du jetzt? Neun? ‹*Mo-om*, Ximena hat vor mir das Wort *Va-gi-na* gesagt!›»

«Fick dich, Zitterbacke.»

«Nein, Homero! Fick du *dich*.»

«Homero?»

«Keiner zu Hause, Alter.»

«Da ist das Geräusch wieder. Hast du gehört?»

«Das sind die Marienkäfer und Fliegen. Die kommen, um dich zu holen.»

«Hör auf, Homero. Ich mein's ernst.»

«Vergiss es, Schweinchen Klug. Ich red nicht mit dir, bevor du dich nicht entschuldigst.»

«Sei nicht so ein Arsch.»

«Viel Glück dabei, hier jemanden zu finden, der sich deinen Schwachsinn anhört. Ich rede nicht mit einer Lady aus Virreyes, die sich wie ein Trucker aus Neza benimmt.»

«Hey, du hast zuerst *fick dich* gesagt!»

«Erinnerst du dich daran, was Mom und Dad am Flughafen meinten?»

«Welchen Teil davon? Sie meinten: ‹Passt aufeinander auf. Ihr beiden werdet auf euch selbst gestellt sein, bis wir zu euch kommen können.› Sie meinten: ‹Bringt euch nicht in Schwierigkeiten. Davon haben wir schon genug›.»

«Und sie meinten: ‹Homero, du bist verantwortlich.›»

«Das haben sie nie gesagt!»

«Und ob sie das haben! Tun sie *immer*. Und selbst wenn nicht, dann *implizit*. Ich bin älter, Zitterbacke. Ich bin der scheiß Boss hier. Also, *entschuldige* dich, sonst gibt's was.»

«Echt, Alter. Du bist so ein Arsch.»

«Das Geräusch macht mich total fertig, Homero. Kann nicht glauben, dass du das nicht hörst.»

«Ist offenbar deppensicher, weil ich tatsächlich rein gar nichts höre.»

«Also gut. Es tut mir leid, okay? Können wir uns jetzt weiter unterhalten?»

«Nicht so schnell, Klugscheißer. Erst mal musst du sa-

gen: ‹Es tut mir leid, Homero, mein unwiderstehlich heißer, höllenschlauer älterer Bruder. Ich war ein böses und
dummes Mädchen. Hiermit erkenne ich an, dass du hier
so lange das Sagen haben wirst, wie wir hier festhän-
gen.››

«Verschon mich, echt jetzt mal. Mir dröhnt der Kopf
wie wahnsinnig.»

«Meiner fühlt sich auch wassermelonengroß an.»

«Hab dich gewarnt. Sich Pillen einzuwerfen, die man
im Badezimmerschränkchen von jemandem findet, den
man kaum kennt, ist vielleicht nicht die beste Idee. So viel
zum Thema das Sagen haben, Alter.»

«Ich bin mir ziemlich sicher, dass wir auch so Kopf-
schmerzen hätten, selbst wenn wir uns bloß verschissene
Pop-Tarts reingepfiffen hätten. Das liegt nicht an den Pillen, Ximena. Sondern daran, dass wir *in der Luft* hängen.»

«Hast du das gehört? Sag mir nicht, dass nicht.»

«Du gehst mir auf die Nerven, Zitterbacke. Was, wenn
ich nicht das kleinste beschissene Etwas gehört hätte?»

«Kein Wunder?»

«Was kein Wunder?»

«Kein Wunder, dass du noch immer Single bist, Alter.
Du bist unerträglich.»

«Du hörst dich wie Grandpa an.»

«Wie bitte?»

«Jedes Mal, wenn wir uns gesehen haben, legte er mir
einen Arm um die Schulter, als wären wir Kumpel, und
stellte mir dieselbe beschissene Frage: ‹Hast du dir schon

eine Freundin gesucht, Hom? Wie kommt's, dass ich nie eine deiner Freundinnen treffe?›»

«Homero?»

‹Tse. Was?›

«Stehst du auf Typen?»

«Memo für mich selbst: aufhören, die eigene fünfzehn-jährige Schwester so zu behandeln, als habe sie ein Gehirn.»

«Und? Dann magst du also Mädchen? Ja oder nein?»

«Früher mal, bis ich mir mit einem ein verdrecktes Apartment in New York teilen musste. Hab ich dir nie von ihr erzählt? Sie konnte nicht aufhören zu labern, *bla bla bla bla bla*, den ganzen Tag lang, wie ein dämlicher Papagei. Und sie hat *Geräusche gehört*. Vollkommen durchgeknallt. Bekehrter Schwuli seither, Alter.»

«Ha. Ha. Ha. Du bist so lustig, ich mach mir gleich in die Hose.»

«Ich sag bloß, wie's ist, Schwesterherz.»

«Du willst nicht über dich selbst sprechen? Alles klar. Aber ich habe eine Frage für dich.»

«Jetzt geht's wieder los. Weck mich, wenn du mindestens zwanzig bist.»

«Denkst du, es ist möglich, Typen zu mögen, aber, na ja, den Sex mit ihnen nicht?»

«Absolut, Zitterbacke. Das fleischige Ding, das den Typen zwischen den Beinen runterbaumelt? Widerlich.»

«Jedes Mal wenn ich mit dir ernsthaft was besprechen will, machst du dich über mich lustig.»

«Lass uns einfach so tun, als hätten wir dieses Gespräch überhaupt nie geführt, Zitterbacke. Du bist zu jung, um dir jetzt schon über diesen Typen-Scheiß einen Kopf zu machen.»

«Danke für den Hinweis, *Dad*! Mein Gott, du bist so eine Memme, dass ich jetzt *sicher* bin, du *liebst* Typen. Und zwar krass. So richtig Typen mit *riesigen* Schwänzen, Mann.»

«Können wir weiter über Flügel sprechen?»

«Echt jetzt? Das ist so was von vor zwei Stunden.»

«Komm schon, Homero. Ich krieg Platzangst hier drin. Ich brauch eine Pause.»

«Wo waren wir stehengeblieben?»

«Du meintest, du hättest so gern Stahlflügel.»

«Einfach bloß Flügel, klar? Echte Flügel, egal was für welche.»

«Wegflieg-Flügel.»

«Genau! Tschau-Mexiko-mit-all-deinem-Scheißdreck-Flügel. Ich-verzieh-mich-für-immer-Flügel.»

«Heimweh-Flügel. Ich-vermisse-meine-Freunde-und-mein-Leben-Flügel. Ich-hasse-dieses-verschissene-Apartment-Flügel. Ich-hasse-New-York-so-sehr-dass-es-wehtut-Flügel. Dabei-wollte-ich-hier-so-supergern-leben-Flügel.»

«Vorsicht-beim-Wünschen-Flügel.»

«Ich-will-nach-Hause-Flügel.»

«Träum-weiter-Flügel.»

«Halt's-Maul-Flügel. Wir-gehen-zurück-Flügel.»

«Tun-wir-so-dermaßen-nicht-Flügel. Wenn-sie-nicht-bald-von-Grandpa-hören-bleiben-wir-so-was-von-hier-Flügel.»

«Gibt's-da-etwas-was-du-weißt-ich-aber-nicht-Flügel?»

«Gibt es nicht. Ich schwöre bei Gott. *Flügel.*»

«Gott, das ist so ein beschissener Monat. *Flügel.* Was weißt du?»

«Nichts. Wirklich. Und hör auf, *besch...* zu sagen, Zitterbacke. Du klingst billig.»

«Du etwa nicht?»

«Ich klinge *knallhart. Du* klingst billig. Typen mögen Frauen nicht, die so reden.»

«Wie kommst du drauf, dass ich will, dass Typen mich mögen?»

«Sag schon, Homero. Was immer es auch ist, ich will es wissen.»

«Wirklich, Zitterbacke. Ich weiß gar nichts. Ich habe bloß ein schlechtes Gefühl, okay? Aber du wirst mich auslachen, wenn ich darüber rede.»

«Nein, werde ich nicht, Homero. Versprochen. Echt jetzt.»

«Ich habe Visionen, in denen Grandpa auftaucht. Das ist alles.»

«Was für Visionen?»

«Es ist so, dass ich ihn plötzlich am Ende einer Straße

entdecke, in einem Menschenmeer. Er trippelt so rum, als wüsste er nicht, wohin er gehen soll. Ich bin so erleichtert, wenn ich ihn sehe, weil ich denke: ‹Ach, *das* war es also! Er hat sich bloß *verlaufen!*› Und ich bin total aufgeregt, *weil ich ihn gefunden habe*, verstehst du? Ich werde ihn retten und ihn nach Hause bringen. Aber dann tippe ich ihm auf die Schulter, und er dreht sich um …»

«Und dann?»

«Sein ganzes Gesicht, Ximena.»

«Was ist damit?»

«Er hat keine Augen. Keine Ohren. Keine Zunge. Keine Nase. Nichts.»

«Homero, das ist nicht real. Das ist bloß eine *Vision.* Ich bin mir sicher, Grandpa geht es gut.»

«Nein, tut es nicht.»

«Wie kannst du da so sicher sein?»

«Weil ich es fühle.»

«Sag das nicht. Es geht ihm gut, du wirst schon sehen. Sie werden ihn finden, und es wird ihm *verdammt noch mal großartig* gehen. Und dann werden wir nach Hause zurückkehren. Lass uns beide dran glauben, damit es auch *tatsächlich* passiert, ja?»

«Ich wünschte, ich wäre so wie du, Zitterbacke.»

«Wie meinst du das?»

«Ich wünschte, ich könnte noch an irgendwelchen Scheiß glauben.»

«Wenn du willst, kannst du echt gemein sein, Homero. Echt jetzt.»

«Ich verarsch dich nicht. Ich meine das total ernst.»

✛

«Da ist es wieder, Homero!»

«Dein Gehirn verwandelt sich bloß langsam in Pommes, Zitterbacke. Keine weiteren Pillen für Sie, junge Dame.»

«Wirklich, Homero. Ich höre diese verdammten Geräusche in der Küche jetzt, seit wir angekommen sind, und du sagst einfach immer wieder, das wäre alles in meinem Kopf. Du machst mir eine Scheißangst. Du bist ...»

«Ist alles gut, Ximena. Hab dich bloß verarscht. Echt jetzt.»

«Wirklich? Sag mir, dass das stimmt, bitte.»

«Ja, hab ich. Tut mir leid, okay? Jetzt hör auf zu weinen.»

«Meinst du, es könnten Mäuse sein?»

«Oder Ratten. Es heißt, es würde mehr Ratten in New York geben als Menschen.»

«Danke für die Info, Mann. Jetzt werde ich *nie wieder* schlafen können.»

«Vielleicht sind es ja aber auch nur die Wände, die Böden, die knarzen und zerbröseln, weißt du? Dieses beschissene Gebäude ist ja sicher tausend Jahre alt.»

«Nein, das ist es nicht. Es hört sich lebendig an.»

«Ich muss mal raus, Homero. Ich brauch Luft.»

«Wo willst du hin?»

«Keine Ahnung. Einkaufen. Spazieren gehen.»

«Kannst du auf dem Rückweg was zu essen kaufen?»

«Warum kommst du nicht mit? Lass uns draußen was zu Abend essen. Wir müssen hier mal raus. Wir können zusammen bummeln gehen. Das wird lustig!»

«Mit dir bummeln? Da bleib ich lieber hier und lass mich von den Ratten fressen.»

«Komm schon. Lass uns gehen. Du bist kaum draußen gewesen, seit wir angekommen sind.»

«Danke, aber mir ist einfach nicht danach rauszugehen. Es deprimiert mich.»

«Was redest du da? Wir sind im verdammten Manhattan, Alter!»

«Wir könnten auf dem verdammten Mars sein, und es wäre trotzdem so.»

«Hab dir was von Chipotle mitgebracht. Überall sonst, wo ich geguckt hab, sah es eklig aus.»

«Danke, Zitterbacke.»

«Hab die Nachbarin aus dem Apartment nebenan getroffen, kam im selben Moment rein.»

«Faszinierend.»

«Sie ist, keine Ahnung, zweihundert Jahre alt, aber nett und niedlich und irgendwie so, na ja, elegant. Sie meinte, sie lebe allein. Sie meinte, es seien Ratten.»

«Wie bitte?»

«Diese Kratzgeräusche, die wir hören. Sie hat sogar davon angefangen. Sie meinte, sie höre sie auch, weil ihre Küche und unsere eine gemeinsame Wand haben. Sie meinte, sie sei sich ziemlich sicher, die Ratten wären auf *unserer* Seite. Sie meinte, sie habe alles versucht, aber sie würden immer wiederkommen.»

«Dann werden wir uns wohl eine Weile von Chipotle-Zeug ernähren, nehme ich mal an.»

«Sie riet uns, spezielle Fallen zu besorgen und noch was anderes; etwas *Supergruseliges*.»

«Und zwar was?»

«Sie meinte, wir sollten uns eine gute *Schlagfalle* kaufen und Blauschimmelkäse als Köder nehmen: ‹Die kleinen Racker sind richtige Feinschmecker.› Sie meinte, die Falle würde die Ratte am Kopf erwischen und hoffentlich sofort killen. Dann riet sie Folgendes: ‹Befreit sie aus der Falle und stecht ihr mit einer Bratengabel in den Bauch, aber *mit Schmackes*, zwei oder drei Mal, wenn möglich, meine Liebe, so als würdet ihr dabei total ausrasten, und dann lasst den kleinen Kerl liegen, mit der Gabel im Bauch und allem. Bewegt ihn nicht, macht nichts von der Schweinerei weg. Es wird nicht hübsch aussehen, meine Liebe, das kann ich dir sagen. Es wird nach einigen Tagen komisch zu riechen anfangen, und ihr wollt es loswerden, aber ihr müsst standhaft bleiben, ihr müsst es dort *liegen lassen*›, meinte sie. Du hättest ihr Gesicht sehen sollen, Homero, total ruhig und niedlich, während sie redete, als würde sie in *Kill Bill* oder irgendeinem Scheiß mitmachen. Ich konnte gar nicht glauben, was ich da hörte, mir wurde schlecht, ich konnte mich nicht bewegen. Ich war mir nicht mal sicher, ob der ganze Scheiß überhaupt real war, ob da nicht einfach mein durchgebrutzeltes Gehirn heißlief.»

«Das ist gut möglich. Wie auch immer. Was meinte sie sonst noch? *Angeblich*?»

«Sie meinte: ‹Eines Tages werdet ihr dann in die Küche kommen und feststellen, dass der Körper des kleinen Rackers verschwunden ist. Vielleicht werdet ihr die Bratengabel finden, irgendwo in die Ecke geschleudert, vielleicht aber auch nicht. Aber er wird verschwunden sein. Bitte mich nicht, dir zu erklären, wie das gehen kann, meine Liebe, weil das kann ich nicht. Ich kann dir bloß sagen, *es funktioniert*. Danach werdet ihr einige Monate lang keine Geräusche mehr hören.›»

«Das war keine alte Dame. Das war ein *verdammter weiblicher Ninja*.»

«Ich schwöre bei Gott, ich denke mir das nicht aus, Homero. Danach hat sie mir die Marke der Fallen auf ein Stück Papier gekritzelt und gegeben. Hier. Guck.»

«Krass. Ich werde aber trotzdem in nächster Zeit keine verdammten *Tomcat-Schnappfallen* aufstellen oder auf irgendetwas einstechen.»

«Das meinte ich auch zu ihr.»

«Und was meinte sie?»

«Sie flüsterte, so als wären wir Teil irgendeiner Verschwörung: ‹Ich weiß, dass die Vorstellung, den kleinen Rackern irgendetwas anzutun, abscheulich ist, meine Liebe. Beim ersten Mal war es unheimlich schwer, mich zu überwinden. Ich meine, ausgerechnet *ich* töte ein armes Lebewesen! Ich spende an PETA! Bin gegen Tierversuche! Hundekämpfe! Starbucks! Republikaner! Aber ich hatte keine Wahl. Es hieß, sie oder ich. Wenn du zulässt, dass einer von den kleinen Rackern dir auf der Nase rumtanzt, hast du ein Problem. Die sind fanatisch und herzlos, gelinde ausgedrückt. Hört auf meinen Rat, meine Liebe. Ihr wollt sicher nicht in irgendeiner lausigen Notaufnahme in Lower Manhattan landen, bloß weil ihr mit einer dieser fiesen Kreaturen Mitleid hattet, besonders *in eurer Situation*, oder?›»

«Was meinte sie denn damit?»

«Weiß der Teufel!»

«Hast du nicht gefragt?»

«Wie denn? Ich war sprachlos, Homero! Ich hab bloß versucht, den ganzen Scheiß irgendwie zu verstehen!»

«Und, wie haben die Tacos geschmeckt?»

«Ekelhaft waren die. Aber ich sollte mich wohl besser dran gewöhnen, nehme ich an.»

«Ich weiß. Essen ist eh scheiße. *Hier* ganz besonders.»

«Mom hat übrigens angerufen, während du weg warst.»

«Echt?»

«Nein, unecht. Hab ich mir einfach nur so zum Spaß ausgedacht. Guck aufs Telefon.»

«Was hat sie gesagt?»

«Dass sie die Kreditkarte gecheckt hätte und dass du damit aufhören musst.»

«Na klar.»

«Kein Scheiß, Alter. Sie meinte, wir müssten anfangen, vorsichtig mit Geld umzugehen, weil sie nicht wisse, wie lange wir noch hierbleiben müssen. Das ist das Wort, das sie benutzt hat. *Vorsichtig.*»

«Das ist Schwachsinn. Warum sollte sie das sagen?»

«Weil die Kacke krass am Dampfen ist? Ich hab's dir gesagt, Zitterbacke. Sie meinte, sie und Dad würden rüberkommen, vielleicht sogar schon nächste Woche. Ich hab gefragt, ob wir dann gleich nach Hause fahren würden, und sie meinte, nein. Sie meinte, sie würden nach einem Ort gucken, wo wir vier wohnen könnten, dass sie online nach Häusern in Connecticut suchen würden, weil es dort billiger sei als in der Stadt.»

«Du verarscht mich doch.»

«Siehst du mich verdammt noch mal lachen?»

«Was ist mit Grandpa? Hat sie über ihn irgendwas gesagt?»

«Nein.»

«Hast du gefragt?»

«Was glaubst du?»

«Und?»

«Sie hat das Thema gewechselt. Sie wollte wissen, wie uns das Apartment gefällt. Sie meinte, Philippe hätte ihnen erzählt, wir würden die *shabby-chic-ness* lieben. Was für 'n Scheiß.»

«Hast du ihr gesagt, dass man wohl eher von *shabby-fick-ness* sprechen kann, aber im Endstadium?»

«Echt jetzt, Alter, keine Pillen mehr für dich. Der Scheiß lässt dich verblöden. Grandpa ist wahrscheinlich mittlerweile tot. Gott weiß, was zu Hause wirklich los ist. Meinst du wirklich, Mom und Dad interessieren sich im Moment auch nur einen Scheißdreck für die verkeimte Bude hier? Wir kehren nicht zurück, Ximena! Wir bleiben, und zwar *für immer*! Schnallst du das, verdammt? Tust du das?»

«Brüll mich nicht an.»

«Dann hör auf zu reden, als habe dir jemand deinen verblödeten Schädel in deinen scheiß Fettarsch gesteckt, du Spast.»

«Du bist nicht der Einzige, der kurz vorm Durchdrehen ist, okay?»

«Aber ich bin offenbar der Einzige, der noch klar denken kann.»

«Dein Problem ist, du hast so viel Angst, dass du dir wahrscheinlich gerade in die Hose machst, aber das würdest du nie zugeben.»

«Und was hast du für ein Problem damit?»

«Dass es mich auch noch gibt. Und du sorgst dafür, dass ich mich scheiße einsam fühle.»

«Bist du sicher, wir überstehen das unbeschadet? Die letzte Kopfschmerzattacke war richtig heftig, Mann.»

«Klar, ich hab die irgendwann schon mal probiert. Tut nichts, alles fein.»

«Ich weiß nicht, warum ich dir noch immer vertraue.»

«Bist du da, Zitterbacke?»

«Hier. Was ist?»

«Eines Tages werden wir zurück in die Vergangenheit gehen, weißt du.»

«Und wie das?»

«Alles wird so sein wie früher. Jetzt nicht wie vor einem Monat, sondern *richtig* früher. Als alles so war, wie es von Anfang an hätte sein sollen. Altertümlich und natürlich und ... *korrekt*.»

«Bis dahin werden wir so was von verschwunden sein. Wir sind dann lange Geschichte, Mann. Längst am Ende.»

«Ach was, wir werden noch da sein. Das wird früher passieren, als du denkst. Und alle dann so: ‹Was zum Teufel?›, und keiner wird in der Lage sein, das alles zu kapieren. *Niemand* wird erklären können, wie es dazu kam, und alle werden eine solche Scheißangst haben, dass sie sich in die Hosen scheißen wollen. Aber das werden sie nicht.»

«Und wieso nicht?»

«Weil wir da sein und sagen werden: ‹Chillt mal. Es ist okay, Angst zu haben. Aber wir sind in Sicherheit.›»

«Ximena?»

«Mhm-mhm.»

«Was ist es, wovor du bei Typen Angst hast?»

«Als ob dich das tatsächlich interessieren würde.»

«Gut. Aber dann komm auch nicht angerannt und beschwer dich, ich würde mir nie deinen Scheiß anhören wollen.»

«Schwänze. Nur ihre Schwänze, okay?»

«Was ist damit?»

«Carla und Michelle und alle anderen fahren jetzt total drauf ab, so als würden sie sie *sammeln*. Und ich wollte mich nicht so außen vor fühlen.»

«Kapiert. Also bist du los, um mal zu gucken. Und …»

«Es war ekelhaft.»

«Was ist mit Titten?»

«Ich bin keine Lesbe, Arschloch, wenn du das damit sagen willst.»

«Wäre jetzt auch nicht das Ende der Welt. Was ist falsch daran, Titten zu mögen?»

«Dass ich mir wirklich gewünscht habe, Typen zu mögen.»

«Fragt dich Grandpa echt ständig wegen Mädchen aus?»

«Er ist *unerbittlich*.»

«Das ist widerlich.»

«Erinnerst du dich daran, als er während der Frühjahrsferien geschäftlich nach São Paulo musste und ich mitgefahren bin?»

«Mhm-mhm.»

«Eines Abends, nach dem Abendessen, gingen seine Kollegen in einen Nachtclub. Grandpa meinte, er sei müde, aber ich solle ruhig mitgehen. Ich meinte, okay, dachte, wir würden da bloß Caipirinhas trinken und mit hübschen *garotas* Samba tanzen, alles klar? Als wir zum Club kommen, fragt mich am Eingang eine Frau, ob ich den *Rundumservice* wolle. Und bevor ich irgendetwas sagen konnte, meinte einer seiner Kollegen, ja, das würde ich, und bezahlte für mich. Ich guckte ihn an, total perplex. Er klopfte mir auf die Schulter und meinte: ‹Keine Sorge, Sohnemann. Dein alter Herr hat mich gebeten, mich um dich zu kümmern.›»

«Ach. Du. Scheiße.»

«Ein Mädchen holte mich an unserem Tisch ab und nahm mich mit in ein Séparée. Irgendwie wollte ich das ja alles gut finden, verstehst du? Aber als sie sich auszog und anfing, ihr Ding zu machen, fühlte ich mich dermaßen abgestoßen und *angeekelt*, dass ich dachte, ich müsse kotzen. Ich erklärte ihr, ich sei nicht so recht in der Stimmung, und fragte, ob es für sie okay sei, wenn wir einfach so noch ein bisschen blieben, damit jeder denken würde, wir hätten uns super amüsiert.»

«Homero?»

«Ja, Zitterbacke?»

«Weißt du eigentlich, wie sehr ich dich bewundere?»

«Du bist high, Mann. Versuch ein bisschen zu schlafen.»

«Homero?»

«Oh-oh. Sie lebt noch. Haben diese Mistpillen wohl doch nicht gewirkt.»

«Welchen Körperteil magst du an dir am meisten?»

«Whoa. Sie lebt *und* stellt brillante Fragen. Meine Fäuste, glaub ich.»

«Echt? Wieso?»

«Keine Ahnung. Wenn ich sie balle, sehen sie aus wie die eines anderen. Und du?»

«Was könnte eine *feminine* Version deiner Fäuste sein? Meine *Ohrläppchen*?»

«Tut es weh, sich ein Ohrloch stechen zu lassen?»

«Nur wenn man drüber nachdenkt.»

«Diese beschissenen Ratten sind wieder da, Homero. Was sollen wir bloß wegen ihnen unternehmen?»

«Wir können nichts unternehmen, Zitterbacke.»

«Sollten wir nicht wenigstens *irgendwas* probieren?»

«Wir sollten uns Flügel zulegen. Wir sollten uns bei einem der Studios am St. Mark's Place ein paar Tattoos stechen lassen. Mom und Dad würden ausrasten. Wenn sie uns sehen, werden sie denken, wir wären verdammte Mara Salvatruchas geworden.»

«Das ist nicht lustig, Homero. Was, wenn die Nachbarin recht hatte? Was, wenn es diesen Scheißratten gelingt, sich einen Weg zu bahnen und zu uns zu kommen? Sollen wir einfach hier rumsitzen und *nichts* tun? Ich mein's ernst, Mann.»

«Ich auch. Wir bringen Manhattan in unsere Gewalt, Zitterbacke, als wären wir die Muppets *persönlich*. Diese Weichei-Ratten kriegen, was sie verdienen. Wir lassen uns Tattoos stechen. Morgen früh, gleich als Erstes. Richtig große. Quer über den Rücken. Verfluchte eintausend megakrasse Flügel, die aus unseren Wirbelsäulen rausgucken und in den gottverdammten Himmel aufragen.»

Rotwilde

Als ich an dem Morgen zur Arbeit kam, stand ein Haufen Polizeiwagen und Feuerwehrfahrzeuge und Vans von Fernsehstationen vor dem McDonald's, und meine Schichtkollegen waren auch da, hinter gelbem Flatterband, auf dem AUSTIN POLICE DEPARTMENT KEIN DURCHGANG stand, und versuchten einen Blick auf das zu erhaschen, was drinnen los war, einschließlich Conchita; sie stand auf Zehenspitzen, weil sie so klein ist wie ich, und als ich ihr auf die Schulter tippte, drehte sie sich um und quiekte: «Susymädchen!», und wir umarmten uns richtig fest, und sie meinte: «Susymädchen, du wirst nicht glauben, was da drinnen gerade los ist», und ich meinte: «Was ist denn los, Conchita?», richtig besorgt, weil, na ja, als ich die ganzen Polizeiwagen und die Polizisten überall sah, hatte ich gedacht, das kann nicht gut sein, das riecht nach Ärger, weshalb ich zu überlegen anfing, ob ich nicht besser nach Hause gehen und mich nach einem anderen Job umschauen sollte, aber Conchita konnte mich längst lesen wie ein Buch; sie kannte meine Ängste bereits, weshalb sie mir in die Augen schaute, meinen Arm packte und flüsterte: «Entspann dich, Susymädchen, es ist nicht das, was du denkst», und ich grinste bloß, allerdings immer noch nervös, weil ich immer nervös werde, wenn Cops in der Nähe sind, aber gleichzeitig erleichtert, weil ich Conchita vertraute und wusste, dass, wenn sie «Entspann dich» sagte, ich das auch tun konnte und alles in Ordnung war; sie hatte mein Vertrauen ein paar Monate vorher gewonnen, es hatte an dem Tag eine Razzia in meinem Wohnblock gegeben, und Conchita hatte davon auf dem Weg zur Arbeit im Radio gehört, und als sie mich am nächsten Tag ins Restaurant kommen sah, kam sie auf mich zugerannt, nahm mich fest in den Arm und streichelte mir übers Haar, als wär sie meine Mutter oder so, und flüsterte mir ins Ohr: «Ich hab so mit dir mitgefühlt, Susymädchen», und sie sah so erleichtert aus, dass ich bei mir dachte, eines Tages wird meine Glückssträhne dann wohl mal zu Ende sein, und Conchita wird mich am nächsten Tag nicht zur Arbeit kommen sehen, und dann dachte ich an meine Kleinen, meinen Pedro und meinen Santiago und meinen Adrián, und fragte mich, wer sie dann wohl anrufen würde in Cuévano, um ihnen zu sagen, ihre Mutter sei festgenommen worden, Conchita womöglich, aber ich wusste nicht, wie, weil sie nicht wissen würde, welche Nummer sie wählen müsste, und als ich sie das nächste Mal sah, gab ich ihr die Nummer meiner Mutter, aber sie meinte: «Sei nicht albern, Susymädchen, du hast mehr Leben als eine Katze!», und nahm mich fest in den Arm, und es fühlte sich gut an, nicht nur das Umarmen, sondern auch, dass ich jemanden hatte, dem ich vertrauen konnte; diesmal also flüsterte ich ihr ins Ohr: «Wenn's denn nichts Ernstes ist, was machen dann all die Cops und Feuerwehrwagen und das alles hier?», und Conchita kicherte total los, sie kriegte diesen komischen Gesichtsausdruck, ich wusste nicht, ob sie gleich heulen oder loslachen würde oder sonst was; du weißt schon, welchen Gesichtsausdruck; stell dir vor, die Heilige Jungfrau taucht plötzlich aus dem Nichts vor dir auf, einfach so, zack!, und du würdest so reagieren, hoppla!, gleichzeitig aber auch so Wahnsinn! und Ach, du Schande!, alles gleichzeitig; das war der Gesichtsausdruck, den Conchita machte, und dann sagte sie: «Die meinen, es sei ein Bär da drin, Susymädchen!», und sie wurde richtig komisch jetzt, hörte auf zu reden, aber ihre Augen leuchteten weiterhin, und das erinnerte mich an meinen Pedro und meinen Santiago und meinen Adrián; ich erinnerte mich an ihre Gesichter, als sie jünger waren, bevor ich Mexico City mit Doña Laura und ihrer Familie hatte verlassen müssen, als ich sie an meinen freien Wochenenden besuchte, Zuckerwatte und Schokoriegel dabei, die ich am Busbahnhof in Mexico City kaufte, und sie an der Straße auf mich warteten, weil sie mich vermissten, hoffe ich zumindest, aber auch weil sie wussten, dass ich immer etwas Süßes für sie dabeihatte, und so stieg ich aus dem Bus, die drei Zuckerwatten in der Hand, als wär's ein Riesenstrauß Hortensien, und da waren sie, von meiner Mutter geschniegelt, rochen frisch und sauber, als wären sie wieder Babys, glänzten von Kopf bis Fuß, leuchteten wie Wasserfälle, brannten darauf, mich zu küssen und sich die Münder mit Zucker vollzustopfen und zu verkleben, aber wie auch immer; Conchita stand also da, schaute mir tief in die Augen, ihr Gesicht gleichzeitig lustig und ernst, albern und strahlend, und erklärte mir, ein Bär habe den McDonald's, in dem wir arbeiteten, gekapert;

109

sie sagte es, als ob es tatsächlich stimmte, aber ich konnte das Gefühl nicht abschütteln, dass sie mich veralberte, weshalb ich ein paar Sekunden wartete, ob sie noch etwas anderes sagen würde, aber das tat sie nicht; währenddessen wurde der Krach um uns herum immer lauter, Sirenen von Löschzügen und Streifenwagen heulten, Polizisten sprachen in Walkie-Talkies, und Horden von Schaulustigen schwatzten über diesen Bären, der, worauf alle beharrten, da drin war; sie versuchten, zu erraten, wo er wohl hergekommen sei, und einer meinte, er habe gehört, ein Zirkus gastiere in der Stadt; «Was, wenn er ein entflohener Zirkussklave ist, der sich entschieden hat, nicht mehr jeden Abend die gleiche Show abzuziehen?», meinte er; jemand anderes meinte, der Bär komme womöglich von einem der großen Häuser in der Nähe; «Ganz genau, einem dieser Riesenanwesen oben in den Hügeln, die Reichen werden einfach immer reicher», sagte wieder ein anderer, «und man weiß ja, was passiert, wenn die Leute das Gespür für ihren Besitz verlieren, sie stellen verrückte Dinge an, halten sich zum Beispiel einen Bären als Haustier», sagte er, und ich stellte mir vor, wie der Bär in einem Käfig eingesperrt in einem riesigen Haus saß, so wie dem, wo ich mit Doña Laura und ihrer Familie für ein paar Monate gelebt hatte, bis sie eines Tages aus heiterem Himmel durchdrehte und mich rauswarf; ich stellte mir vor, dass der Bär einsam sein musste, gezwungen, an einem merkwürdigen Ort zu leben, ausschließlich von Menschen umgeben; ich fragte mich, ob es wohl ein junger Bär war oder ein alter, ob er die Gesellschaft anderer Bären vermisste oder ob Bären diese Gefühle nicht kannten, ob sie sich deshalb nicht glücklich schätzen konnten; «Was, wenn es gar kein Bär ist, sondern ein Kojote oder Berglöwe?», meinte wieder ein anderer, «Die Leute heutzutage haben so wenig Ahnung von Tieren, besonders wenn sie bloß staatliche Schulen besucht haben», meinte er; «Hey, und was ist an staatlichen Schulen falsch?», entgegnete eine Frau, «Wenn Sie so denken, sind Sie Teil des Problems!», meinte sie; die Schaulustigen sagten all diese Dinge, die ich nicht verstand, sie harrten vor dem Restaurant aus und gingen einfach nicht, genau wie wir auch, aber anders als sie hatten wir ja auch einen Grund, dort zu sein, wir arbeiteten schließlich hier; sie wollten bloß einen Blick auf den Bären erhaschen, als wäre er Brad Pitt oder Enrique Iglesias, und dann wie die Wilden über ihn herfallen, ihn um ein Autogramm bitten, sich mit ihm fotografieren lassen, und Conchita sagte derart lange nichts, dass ich das Gefühl bekam, etwas stimme nicht mit ihr, denn immer dann, wenn es um uns herum laut und unerträglich war, brachte uns Schweigen Frieden; das wussten wir aus Erfahrung, denn vor ein paar Monaten, Wochen nach der Razzia in meinem Wohnblock, war Conchita ein paar Tage nicht zur Arbeit erschienen, und als sie schließlich auftauchte, sah sie aus, als hätte ein Traktor sie überfahren, und als sie ankam, hatten wir bloß Zeit, uns zu umarmen, nicht aber zum Reden, weshalb ich in der Mittagspause nach ihr schaute und sie fragte: «Conchita, was ist passiert? Geht es dir gut?», und sie stand einfach da, an die Tür zum Lager gelehnt, so als sei sie in Gedanken ganz

111

woanders, und ihr Schweigen dauerte länger als die Fastenzeit, und ich dachte, sie wolle gar nicht reden, weshalb ich mich umdrehte und gehen wollte, als sie schließlich murmelte: «Geh nicht, Susymädchen, bitte», und als ich mich wieder umdrehte, erzählte sie mir, was mit Jonathan passiert war, ihrem Jüngsten, den sie Jon nannte; wie sie und ihre Familie am Samstag zum Picknicken an den Colorado River rausgefahren waren und sie den Kindern gesagt habe: «Nicht in den Fluss gehen, das Wasser ist *traicionera!*», die Kinder aber nicht hatten hören wollen. «Sie hören nie auf mich», sagte Conchita, und die Familie sei allein gewesen, als Jon unterging, und sie hätten nicht 911 wählen wollen, auch wenn sie es hätten tun können, weil das immer ein Problem sei: «Die Polizei sieht, dass ich eine *morena* bin und mich anziehe wie meine Kinder, und das Einzige, was sie denken, ist, *ganga,* sie denken bloß, *mojados,* und sie fangen an, idiotische Fragen zu stellen, statt ihre Ärsche zu bewegen und einem zu helfen», sagte Conchita, und als sie schließlich 911 gewählt hätten, habe die Polizei ihn nicht finden können, sie habe die ganze Nacht hindurch nach Jon gesucht und auch am nächsten Tag noch weitergemacht, Sonntag und Montag und Dienstag auch noch; und das Letzte, was Conchita zu ihm gesagt hatte, sei gewesen: «Nicht ins Wasser gehen! Jon! Jon! Bist du *sordo o qué*? *Güerco malcriado,* komm zurück!», aber dazu, ihm auf Wiedersehen zu sagen, habe sie keine Gelegenheit gehabt, sie konnte ihn nicht drücken oder beerdigen, weil Jons Körper nicht wieder aufgetaucht sei, und sie sprach, als sie mir das erzählte, superschnell, so als müsse sie es so ra-ta-ta-ta-ta erzählen, weil es anders überhaupt nicht ginge, und nachdem sie das alles gesagt hatte, stand sie einfach da, schweigend vor der Tür zum Lager, und ich auch, die Münder geschlossen, dann breitete ich die Arme aus, und sie ließ sich einfach fallen, als sei sie Jesus, der vom Kreuz stürzte; ich umarmte sie, so fest ich konnte, ihr Körper wog schwer in meinen Armen, und wir blieben eine Weile so stehen, bis die Mittagspause vorbei war und der Manager kam und uns keifend aufforderte, wieder an die Arbeit zu gehen; diesmal also dachte ich, gehe etwas Ähnliches bei Conchita vor sich, und dass das der Grund dafür war, warum sie nichts sagte, aber ich kam schon jetzt fast um vor Neugier; ich wollte mehr über diesen Bären erfahren, also sagte ich: «Was meinst du mit, da drinnen wär ein Bär, Conchita?», und sie antwortete: «Ich schwöre bei Gott, sie sagen, es sei ein Bär, Susymädchen! Ein richtiger Bär, so wie Yogi Bär, verstehst du?», und ich meinte: «Ich weiß nicht, wovon du redest, Conchita», und sie sagte: «Du musst doch diese Sendung kennen, Susymädchen! Yogi Bär, erinnerst du dich nicht? Ein Bär, der in einem Nationalpark in Kalifornien lebt, und er ist ein *echter* Bär, und er ist total nett und trottelig und trägt einen Hut und einen Schlips und ist die ganze Zeit über total gierig auf Picknick-Körbe? Erzähl mir nicht, du hast die Sendung nie gesehen, Susymädchen!», und mir wurde schwindelig, weil ich keine Ahnung hatte, wovon sie sprach, und mir auch nicht wirklich klar war, was gierig genau bedeutete. Ich war erst im Jahr zuvor mit Doña Laura und ihrer Familie aus Mexiko gekommen, und das Englischlernen war ein Albtraum; jedes Mal, wenn irgendwelche Leute etwas sagten, was ich nicht verstand, war es mir peinlich zuzugeben, dass ich vollkommen ahnungslos war, ich hatte das Gefühl, mir platze der Kopf, aber Conchita hatte mir bereits viel geholfen, sie war wirklich reizend gewesen, darum bekannte ich freiheraus: «Sorry, Conchita, aber ich höre zum ersten Mal in meinem Leben von diesem Bären», sagte ich, und sie sah mich an, als würde ich sie auf den Arm nehmen; «Komm schon, Susymädchen, jeder, *jeder* kennt Yogi!», und ich meinte: «Na ja, hier vielleicht, aber in Cuévano lief die Sendung nicht, weißt du, unser Fernseher zu Hause hatte bloß ein Programm, und wir guckten nichts als Seifenopern und *La Carabina de Ambrosio* und *Chabelo* und *Siempre en Domingo*, aber keine Sendungen, in denen Bären vorkamen; was Schauspielerinnen und Sängerinnen betrifft, kannst du mich gern alles fragen, wenn du willst, Gina Montes, Verónica Castro, Victoria Ruffo oder Carmen Montejo, aber frag mich nicht, wenn's um trottelige Bären mit Hüten geht», sagte ich, und Conchita brüllte los vor Lachen, als sei das, was ich gerade gesagt hatte, ein guter Witz gewesen. Ich hatte das Gefühl, dass ich sie jedes Mal, wenn ich etwas Dummes sagte, zum Lachen brachte; ich hatte das Gefühl, dies sei der Grund, warum sie mich so gern Susymädchen nannte; so als ahne sie, dass ich im Tonfall ihrer Stimme Zuflucht fand, besonders wenn sie etwas erklären musste, was der Manager bei einem Treffen gesagt hatte, weil der Manager, o mein Gott; er sprach stets so schnell und öffnete dabei kaum den Mund, und deshalb verstand ich meistens nichts von dem, was er sagte; Conchita brauchte mich bloß anzuschauen und lachte sich bereits tot, flüsterte mir dann ins Ohr: «Keine Sorge, Susymädchen, ich werde dir später alles erklären», und so machte es Conchita auch diesmal; «Okay, fangen wir noch mal ganz von vorne an, Susymädchen, vergiss das mit Yogi Bär einfach, okay? Sie sagen, es sei ein echter Bär da drin, ein echter Grizzlybär! Offenbar groß und hungrig wie nichts Gutes, denn als die Cops kamen, so habe ich gehört, haben sie ihn hinten gesichtet, vorm Lager, du weißt schon, wie er die ganzen Muffins auffrisst, die wir für den Ansturm am Morgen dort bereitgestellt hatten; offenbar hat der Riesenkerl sie gleich mit Verpackung und allem gefressen! Sie meinten, er habe außerdem versucht, in den Kühlraum einzubrechen und aus den Getränkespendern zu trinken! Ich meine, das ist ein *echter* Bär, und er randaliert in unserem Lokal! Ist das nicht wie ein Wunder, irgendwie?», und sie fing an zu lachen, so als drehe sie gleich durch, vollkommen zusammenhangslos, und ich wusste nicht, was ich von dem, was sie gerade gesagt hatte, halten sollte; während alldem nahm die Anzahl der Leute um uns herum immer weiter zu, und alle drückten und drückten gegen das metallene Absperrgitter, aufgestellt von der Polizei, um uns in Schach zu halten, versuchten, einen besseren Blick auf das Restaurant zu bekommen, aber die Beleuchtung innen war ausgeschaltet, und die Cops und Feuerwehrleute taten gar nichts; sie verharrten, wo sie waren, sprachen in ihre Walkie-Talkies, ohne auch nur eine Bewegung zu machen, weshalb ich irgendwann dachte, dass das Ganze ja womöglich einfach

Schwachsinn war oder sie keine Ahnung hatten, wie sie mit ihm umgehen sollten, dass sie vielleicht darauf warteten, bis er alles aufgegessen hatte und von selbst wieder ging, oder sie vielleicht auch Angst vor ihm hatten oder es vielleicht ja überhaupt keinen Bären gab, es vielleicht bloß ein Gerücht war, das jemand verbreitet hatte, und dass alle sich bloß wünschten, es stimme tatsächlich; ich fühlte mich unsicher, noch nie im Leben hatte ich so viele Cops gesehen, und ich bekam langsam Angst, die ganze Sache war laut und chaotisch wie eine Prozession während der Karwoche, die größer wurde und größer und größer; dann tauchte eine Gruppe junger Leute mit Schildern auf, auf denen ERSCHIESST DEN BÄREN NICHT, EIN HERZ FÜR BÄREN, SEH ICH AUS WIE EIN ILLEGALER?, JA ZUM LEBEN – NEIN ZU JUNKFOOD, PFOTEN HOCH stand, und sie fingen an, Slogans zu skandieren, und dann gab es ja noch uns, Conchita und den Rest der Schicht und mich; wir hätten längst drinnen mit der Arbeit loslegen sollen, Frühstück servieren, Tüten voller Muffins mit Omelett oder Würstchen rausgeben oder was auch immer die Leute am Drive-Through-Fenster bestellten, und ich hätte bereits die Toiletten geputzt haben sollen, weil das Erste, was ich jeden Morgen machen musste, war, dafür zu sorgen, dass die glänzten, weil der Manager immer Zeit fand, reinzugehen und zu gucken, ob ich dort saubergemacht hatte, und genauso fand auch Conchita jeden Morgen die Zeit vorbeizukommen, Hallo zu sagen und mich zu umarmen; «Hey, Susymädchen!», sagte sie und erklärte, dass sei die Kehrseite, wenn man im Westteil der Stadt bei McDonald's

116

arbeite, ganz anders als im Ostteil: «In den Lokalen in Riverside oder denen ganz im Süden des Airport Boulevards ist es den Managern scheißegal, ob die Toiletten verdreckt sind wie ein Kakerlakenarsch», sagte sie, «aber hier machen die Kunden schon einen Aufstand, wenn sie unterm Waschbecken eine Wollmaus entdecken, wie sie überhaupt bei allem einen Aufstand machen, als ob sie hier in einer verschissenen Whole-Foods-Filiale wären», meinte sie, und ich dachte über all das nach, während ich sie ansah; ich erinnerte mich daran, wie lustig und stark und selbstbewusst Conchita gewesen war und wie sehr sie sich verändert hatte, seit Jon gestorben war; jetzt starrte sie mich bloß an, als habe sie sonst weiter nichts zu sagen; «Conchita, du verarschst mich doch, es gibt keine Bären in Austin, Aasgeier habe ich gesehen und Rotwilde, aber keine Bären», meinte ich, aber sie schnitt mir das Wort ab: «Rotwild», sagte sie, «Wie bitte?», meinte ich, «Rotwild, Susymädchen, man sagt Rotwild, nicht Rotwilde», und ich meinte: «Nein, Conchita, Rotwilde, *viele*, man sieht hier jede Menge, besonders abends; hast du sie noch nie gesehen nach der Schicht, wenn wir auf den Bus warten? Sie kommen in Rudeln, wie kleine Familien; Rotwilde in allen Größen; einige sind richtig riesig und irgendwie bedrohlich, mit Geweihen und allem, aber andere sind ganz klein; sie sehen zart und verletzlich aus wie Neugeborene, bedeckt mit weißen Punkten, wie Sommersprossen», meinte ich, aber Conchita insistierte: «Ich weiß, Susymädchen, es gibt hier Unmengen davon, aber man sagt immer Rotwild dazu, egal ob es nur ein Tier ist oder ein ganzer Haufen», und ich meinte: «Wieso?», «Was weiß denn ich, Susymädchen? Ich hab die Sprache nicht erfunden, ich heiß ja verdammt noch mal auch nicht Shakespeare, oder?», sagte Conchita, und ich konnte es einfach nicht kapieren; «Du verwirrst mich total, Conchita», sagte ich, «wenn ich dir sage, ich hätte auf dem Weg hierher Rotwild gesehen, woher weißt du dann, ob es ein Tier oder vier waren?», und Conchita sah mich an, als ginge ich noch in die erste Klasse; «Ich habe keine Ahnung, Susymädchen, das ist eine gute Frage», sagte sie und senkte stirnrunzelnd den Kopf, so als habe sie darüber vorher noch nie nachgedacht; «Das ist die Art Fragen, die Jon ständig gestellt hat, weißt du, er hatte gerade angefangen, diese richtig schwierigen Fragen zu stellen», sagte sie; «Jedenfalls, Conchita», meinte ich, weil ich nicht wollte, dass ihre Stimmung wieder in den Keller ging, vor allem nicht wegen der paar dummen Fragen, die ich gestellt hatte; «Wo es doch nun keine Bären hier in der Gegend gibt, wie kommt es dann, dass wir einen im Restaurant haben, der unsere Muffins frisst? Das ist doch total abwegig», sagte ich; «Ganz genau, Susymädchen! Das ist genau der Punkt! Klingt das nicht wie etwas aus einem Segensspruch? Von allen McDonald's-Restaurants in der Welt, warum sollte er sich ausgerechnet für unseres entscheiden? Es muss dafür einen Grund geben, Susymädchen, das ist göttliche Fügung!», sagte sie, nun wieder fröhlich, so als habe sie bereits vergessen, worüber wir eine Minute zuvor gesprochen hatten, und ich war erleichtert, also sagte ich: «Ist es dann vielleicht so etwas wie ein Wunder?», tat so, als stimmte ich ihr zu; «Ge-

118

nau! So etwas wie eine Erscheinung!», rief sie; «Warum auch nicht?», fuhr ich fort, und wir kicherten gemeinsam, «Wir müssen es irgendwie hinkriegen, ihn zu sehen! Die Chance dürfen wir uns nicht entgehen lassen, Susymädchen!», meinte Conchita, und wir waren noch immer dabei, uns über Wunder und Erscheinungen und dergleichen zu unterhalten, als der Manager auftauchte und nach uns rief; er sagte, wir sollten hinter das Restaurant kommen, weil er mit uns reden müsse und dass die Polizei es uns erlaube, unter dem Flatterband durchzuschlüpfen, und als einer von ihnen es hochhielt, damit ich durchkonnte, überlief mich ein Frösteln; ein Schauer der Angst, die Wirbelsäule hinab und von meiner Nasenspitze bis in meine kleinen Zehen und Fingernägel hinein, aber nichts passierte; der Cop ignorierte mich; ihm fiel nichts Außergewöhnliches an meinem Gesicht oder meinem Geruch oder an sonst was auf; auch der hintere Parkplatz war abgesperrt worden, er war leer, und es war dort nicht so laut wie vorn, es war beinahe ruhig; es gab dort keine Polizeiwagen, keine Feuerwehrfahrzeuge, keine Fernsehkameras, keine Zuschauer, keine Protestler, nur uns fünfzehn, die wir uns um den Manager scharten, genauso wie wir uns zu Schichtbeginn immer an den Fritteusen einfanden; er sagte nicht Hallo oder Guten Morgen oder «Mannomann, was für ein verrückter Tag», gar nichts, war kurz angebunden und distanziert wie immer; er erinnerte mich an Doña Laura während der letzten Tage, die ich bei ihr wohnte und an denen sie jeden Morgen mit schlechter Laune aufwachte; «Also, ein gottverdammter Bär ist wie aus dem

Nichts aufgetaucht und unter bislang ungeklärten Umständen in unseren Arbeitsplatz eingedrungen», fauchte er, so als habe er den Bären zwar selbst noch nicht gesehen, hasse ihn aber bereits abgrundtief, als sehe er bereits vor sich, wie man ihn in eine andere Filiale im Osten von Austin versetzte, weil er das hatte geschehen lassen; «Die Polizei ist noch dabei, die zu finden, die dafür verantwortlich sein könnten, aber das ist nicht das Entscheidende; das Entscheidende ist, dass sie noch nicht wissen, was zur Hölle sie mit ihm machen sollen, denn das verdammte Viech einfach abzuballern, so gern ich das auch hätte, ist aus unterschiedlichen Gründen keine Option», sagte er, tippte währenddessen mit dem linken Fuß auf den Asphalt; er war ein kleiner, untersetzter, grauhaariger Mann, der immer diese superblitzblanken hässlichen braunen Mokassins trug; er trug jeden Tag zur Arbeit dasselbe Paar, und ich stellte mir vor, wie er jeden Morgen extra früher aufstand, um diese scheußlichen Schuhe zu polieren, als gebe es nichts Wichtigeres; «Da ich kein Zeitfenster habe, wann dieses verdammte Chaos beseitigt werden wird», sagte er gerade, als Conchita ihm ins Wort fiel: «Ich habe eine Frage. Werden wir ihn sehen dürfen?», sagte sie, und der Manager starrte sie an und bellte: «Was hast du gesagt?», und ich dachte, o nein, nicht schon wieder; ich hatte das Gefühl, der Typ würde nun endgültig durchdrehen, weil Conchita und er sich in den Wochen, nachdem Jon gestorben war, täglich gestritten hatten; Conchita stellte während der Morgenrunde eine Frage, die ihn nervte, oder sie brüllte zurück, wenn er ihr einen Befehl

120

erteilt hatte, der ihr missfiel, oder ihr unterstellte, sie erledige ihre Pflichten «in nachlässiger Weise», und andere Angestellte begannen zu tuscheln, Conchitas Tage seien gezählt, und der einzige Grund, warum sie noch nicht gefeuert worden ist, sei der, dass der Manager nicht die Eier habe, eine Frau mittleren Alters rauszuwerfen, die gerade erst ein Kind verloren hatte, deshalb fühlte ich mich ängstlich und schwach; ich stellte mir vor, auf mich allein gestellt zu sein bei den Runden, ohne Conchita, und wie ich mich abmühte, irgendetwas zu verstehen; «Den Bären!», schrie sie ihn an, «Was ist damit?», brüllte er zurück, «Werden wir den Bären sehen können?», sagte Conchita; ihre Stimme brach mitten im Satz, und ich begriff, dass sie weinte; meine Eingeweide verschlangen sich zu einem Knoten, weil ich ihr helfen wollte, aber ich konnte nicht; ich wünschte, sie würde aufhören, weil ich nicht wollte, dass der Manager sie jetzt gleich hier feuern würde, aber Conchita gab nicht klein bei; «Sie müssen etwas unternehmen! Sie sind hier der Boss; sehen Sie nicht, dass das eine einmalige Gelegenheit ist? Bitten Sie sie darum, dass wir ihn sehen dürfen!»; sie brüllte, als wäre das ein Befehl; die Anspannung fühlte sich an wie ein Stück Fleisch, gab der Luft etwas Schweres, und ich bin mir sicher, alle dachten, das war's jetzt, Conchita wird hier nie wieder eine Kartoffel frittieren, und ich schloß die Augen, weil ich wollte, dass das ganze Martyrium aufhörte; die Geräusche von der Vorderseite des Restaurants drangen wieder an meine Ohren, wurden lauter in meinem Kopf, und ich hörte die Walkie-Talkies und die Sirenen und die Liveberichterstat-

121

tung und die Sprechchöre, GEBT BÄREN 'NE CHANCE! GEBT BÄREN 'NE CHANCE!, wieder und wieder, aber ebenso hörte ich Conchitas Lunge, ihr schweres Atmen und ihr Schluchzen, total laut und nah, so als würde ich meine Ohren an ihre Brust pressen; «Also?», heulte sie auf, «werden Sie etwas in der Sache unternehmen?» Ich öffnete die Augen und sah den Manager an, aber er sagte nichts; ich schaute zuerst seine hässlichen Mokassins an und dann seine Khakihose und dann sein frisches weißes Hemd und dann sein rotes Gesicht; sein Mund war nun geschlossen und seine Augen waren feucht, so als hätte er es plötzlich verstanden, so als hätte er gerade begriffen, warum Conchita durchgeknallt war, aber sie gab einfach keine Ruhe: «Können Sie sie bitten fragen, ob wir ihn nicht wenigstens einmal sehen dürfen?», beschwor sie ihn, und alle Augen waren auf ihn gerichtet, und er wirkte klein und schäbig; es war das erste und einzige Mal, dass er mir leidtat, und das überraschte mich selbst, weil ich mir nie hätte vorstellen können, mit jemandem Mitleid zu haben, vor dem ich solche Angst hatte, nie hatte ich für Doña Laura das empfunden, was ich für den Mann hier vor mir empfand, selbst dann nicht, als ich bereits wusste, was ihrem Vater passiert war; ich stellte mir den Manager allein zu Hause vor, wie er, neben dem Bett sitzend, seine widerlichen Schuhe putzte und sich fragte, warum ihn trotzdem niemand lieb hatte; «Tut mir leid, Concepción, ich glaube nicht, dass das irgendwie möglich sein wird», antwortete er mit betrübter Stimme, die offenbarte, dass er trotz allem dennoch ein Mensch war, ein furchtbarer zwar, aber dennoch ein Mensch; «Okay», war alles, was Conchita sagte, bevor sie das Gesicht mit ihren kleinen Fingern bedeckte, mit ihren dicklichen Fingern voller Silberringe, ihr gedämpftes Schluchzen klang, als sei es durch nichts zu stoppen. «Jedenfalls», sagte der Manager, nachdem er sich geräuspert hatte, «hat die Zentrale angerufen und gesagt, es sei besser für alle, sich aus der Sache rauszuhalten, ihr müsst also gehen, ihr habt alle frei; ihr könnt einen Gleittag dafür aufschreiben», sagte er und rollte mit den Augen, so als wäre er nun wieder dasselbe alte Arschloch; «Eins noch, bevor ihr geht», sagte er mit drohendem Ton, «mit der Presse zu sprechen ist streng verboten, ein Verstoß kann die Kündigung bedeuten»; Der Rest meiner Schichtkollegen machte sich Richtung vorderem Parkplatz auf, weshalb der Manager sie gleich zurückpfiff: «Was an *ihr müsst gehen* habt ihr nicht verstanden? Ihr habt keine Erlaubnis zu bleiben und zu gucken! Das ist keine verdammte Show! Ist das klar?», brüllte er, aber ich blieb hinten und wich Conchita nicht von der Seite; ich durchsuchte meine Handtasche und reichte ihr ein Kleenex, und während sie sich die Nase putzte, strich ich ihr übers Haar; «Und, was machen wir jetzt?», fragte ich, um zu schauen, ob sie das vielleicht aufheitern würde, «was müssen wir jetzt machen, Conchita? Ich habe nicht verstanden, was er gesagt hat», log ich; «Weißt du was?», sagte sie, nachdem sie zu schluchzen aufgehört und sich den verlaufenen Mascara um die Augen herum weggewischt hatte: «Komm, wir gehen uns amüsieren, Susymädchen, der Tag gehört uns! Wann war das letzte Mal, dass du oder ich einen ganzen Tag nur für uns hatten? Lass uns ins Einkaufszentrum oder ins Kino oder irgendwohin gehen! Was meinst du?», sagte sie, versuchte zu lächeln, und ich dachte, dass es uns beiden guttun würde, weil sie recht hatte, aber ich dachte gleichzeitig, dass ich noch nie in Austin im Kino gewesen war und keine Ahnung hatte, was das kosten würde; ich machte mir Sorgen, es würde teuer sein, und ich war nicht in der Lage, Geld für unnötige Dinge auszugeben; ich musste so viel ich konnte nach Hause schicken, und da musste ich gleich wieder an meinen Pedro und meinen Santiago und meinen Adrián denken; ich versuchte mich zu erinnern, wann wir zum letzten Mal einen Film zusammen angeschaut hatten, aber es gelang mir nicht; ich versuchte, mir vorzustellen, wie sehr sie sich wohl verändert hatten, seit ich sie bei meiner Mutter zurückgelassen hatte, und auch das konnte ich nicht; «Würde ich sehr gern, Conchita, aber ich weiß nicht so recht, ich muss ziemlich aufs Geld achten und daher sollte ich vielleicht ...», sagte ich gerade, als Conchita mich unterbrach: «Pssst! Hörst du das?», sagte sie; «Was denn?», sagte ich; «Dieses Geräusch», sagte sie, «hörst du das denn nicht?» Wir verharrten schweigend, und dann hörte ich es, das Geräusch schien aus dem Innern des Restaurants zu kommen, unter der Hintertür hindurch hinauszuschlüpfen, nur wenige Meter von dort entfernt, wo wir standen; es war ein zartes Rupf-Geräusch, wie es etwa entsteht, wenn man eine Plastiktüte zerreißt; «Ja, tue ich!», flüsterte ich aufgeregt; «Das ist er!», jubelte Conchita lautlos, die Augen wieder voller Leben, so als würde sie verkünden, Jesus sei erschienen; «Meinst du?», flüsterte ich; «Komm, Susymädchen, die Chance dürfen wir uns nicht entgehen lassen!», sagte Conchita und zog mich in Richtung Restaurant, aber zunächst wehrte ich mich, weil ich Angst hatte; was, wenn der Bär rauskommen und uns angreifen würde, was, wenn die Polizisten uns dabei erwischten, wie wir durch die Hintertür linsten, aber Conchita flüsterte: «Bitte, bitte!», flehentlich, die Hände gefaltet, als würde sie beten; ich hoffte einfach auf das Beste und ließ mich mitziehen, und als wir die Tür erreichten, drückten wir uns mit den Rücken dagegen und ließen uns langsam nach unten gleiten, bis unsere Hintern den Boden berührten; wir warteten dort, ohne einen Mucks zu machen, bis wir es erneut hörten, das Geräusch wurde realer und deutlicher, und als wir es hörten, begannen Conchita und ich zu kichern wie kleine Mädchen, kicherten so heftig, dass wir uns die Münder zuhalten mussten; das Verlangen, vor Aufregung aufzustampfen, war so stark, dass ich das Gefühl hatte, ich würde mir gleich in die Hose pinkeln; «Was sollen wir machen, was sollen wir machen?», formte ich an Conchita gewandt mit den Lippen, und dann hörten wir das Geräusch von Krallen, die durch Plastik wühlten, auf der Suche nach Essen; ich stellte mir vor, wie der Bär auf dem Boden saß, um sich herum Berge aus Papier und Plastikmüll und ein Durcheinander aus Metalltabletts; die pelzig braune Brust mit Brotkrümeln gesprenkelt und wie ihm Fetzen von Plastikfolie aus der Schnauze hingen; «Er riecht komisch», flüsterte Conchita nach einer Weile; «Ich weiß», flüsterte ich zurück, weil es stimmte; ein würziger

Geruch, ähnlich dem feuchter Schafwolle, drang mir in die Nase; von Zeit zu Zeit setzte das Rupfen aus, und wir hörten kurzes Schnauben oder Bewegungen in der Nähe der Tür, und das war der Moment, in dem ich spürte, dass er uns in seiner schweren und einsamen Gegenwart ganz nah war; ich spürte seine Stattlichkeit, seine Lebendigkeit und seine Verlorenheit; «Deine Kinder werden ihren Ohren nicht trauen, wenn du ihnen das hier erzählst», wisperte mir Conchita zu; ich schaute sie an und sie mich; ich wollte ihr etwas sagen, tat es aber nicht; ich ergriff stattdessen einfach ihre Hände; ich schloss die Augen und war zurück in Cuévano, sah mich, wie ich aus dem Bus stieg, die Hände voller Geschenke für meine Kleinen; ich sah, wie sie wieder an der Straße auf mich warteten, mein Pedro und mein Santiago und mein Adrián, alle größer als das letzte Mal, viel größer jetzt, aber glücklich zu sehen, dass ich endlich nach Hause komme; Conchita und ich verharrten so, bis die Rupf-Geräusche wieder einsetzten; «Er muss aufhören, diese Muffins zu essen», flüsterte sie mir ins Ohr, und ich musste nicken; «Ich hoffe bloß, er weiß bereits, wo die Toiletten sind», sagte ich, und wir konnten uns ein Lachen nicht verkneifen; und dann spürten wir es, wie seine dicke Nase unter der Tür hindurch an unseren Hintern roch, den erregten, wild-miefigen Atem, der aus seinen Nasenlöchern strömte, den Boden wärmte und uns durch den Polyesterstoff unserer Hosen hindurch kitzelte; dann lehnte er sich gegen die Tür, und ich spürte einen schnellen und kraftvollen Stoß und erstarrte; meine Arme waren über und über von Gänsehaut bedeckt; unser

126

Lachen war verstummt; ich schaute zu Conchita hinüber, um zu sehen, ob sie Angst hatte, aber sie hatte dieses breite, friedvolle Strahlen im Gesicht; ich gab ihr ein Zeichen, das hieß, wir sollten jetzt gehen, und sie machte eines zurück, das hieß: «Noch nicht, lass uns noch ein bisschen bleiben, bitte!», dann aber fühlten wir erneut einen Stoß gegen die Tür, stärker und gewaltsam diesmal; ich kreischte, und Conchita kreischte ebenfalls, nichts weiter musste danach gesagt werden; wir sprangen einfach vom Boden auf und rannten los; in Sekunden hatten wir den leeren Parkplatz überquert, so schnell war ich nicht mehr gelaufen, seit ich ein Kind in Cuévano gewesen war, und während wir rannten, lachten wir; wir lachten und lachten, bis wir die Bushaltestelle erreichten, total außer Atem.

Besserer Breitengrad

Es regnete nicht an diesem Donnerstagnachmittag, aber die Luftmassen überschlugen sich über der Stadt, alt und muffig, so als quöllen sie aus einer Schublade, die lange Zeit verschlossen gewesen war. Es war Laureanos letzte Schulwoche. Ich holte ihn spät ab, weil ich mich in der Praxis um einen Kunden kümmern musste, der spontan auf den letzten Drücker gekommen war, und lud ihn dann zu McDonald's ein. Du kennst unseren Sohn; du weißt, wie sehr er diesen Mist liebt, und *ich weiß, ich weiß*, es ist schlecht für ihn, aber ich wollte, dass wir beide in Feierlaune sind. Ich wollte nicht gleich nach Hause. Ich wollte, dass meine wunde Seele und seine unerbittliche Getriebenheit woanders Gelegenheit bekamen, zur Ruhe zu kommen.

Ich fuhr zu der Filiale an der Barranca del Muerto, dieser riesigen mit Blick auf den Periférico-Ring, die vorne einen gigantischen Spielplatz hat – ich bin mir sicher, du hast keine Ahnung, welche ich meine, weil du ja niemals auch nur einen Fuß in ein solches Lokal setzen würdest; du meintest, amerikanisches Fastfood sei stillos und dass lediglich Wichtigtuer und arme Leute danach lechzen würden. Laureano aß nicht einen Chicken McNugget. Er verschlang so schnell er konnte seine Pommes und kippte seinen Orangensaft hinunter und flitzte dann zum Spielplatz, als verteilten sie dort Gratis-Lutscher. Er verbrachte Ewigkeiten im Bällebad, hopste und sprang und planschte wie wild herum, umgeben von Kindern, die jünger aussahen als er. Sie beobachteten ihn zurückhaltend und blieben auf Abstand, weil er den Eindruck erweckte, das Thema Spaßhaben allzu verbissen anzugehen, so als sei das eine todernste Angelegenheit. Ich blieb an dem Tisch sitzen, wo wir gegessen hatten, schrieb deinen Namen auf das Burger-Papierchen, mit einer verwaisten Pommes als Stift und Ketchup als Tinte, während ich Laureano durch ein riesiges Fenster unterhalb eines Schilds hindurch im Auge behielt, auf dem stand:

WILLKOMMEN AM SPIELPLATZ

Er sah aus wie ein hektischer Delfin, der auf offener See neue Tricks übt, ritt die Wellen eines vielfarbigen Sturms. Ich versuchte, aufmerksam zu bleiben, zu verfolgen, wie er durchdrehte, aber in meinem Kopf kreiste alles nur um dich.

Vier Wochen waren vergangen, seit ich dich zum letzten Mal gesehen hatte, seit wir drei zusammen zu Abend gegessen hatten. Es war ein Mittwoch gewesen. Du hattest bei uns übernachtet, aber miteinander geschlafen hatten wir nicht – ich hatte meine Tage. Am nächsten Morgen saßt du neben Laureano am Küchentisch und sahst zu, wie er eine Schüssel Cornflakes mit kalter Milch hinunterschlang, während du schwarzen Kaffee trankst und dich beschwertest, wie erschöpft du seist. Du meintest, du würdest nun das Alter erreichen, in dem man immer müde sei, egal wie viel man schläft. Ich hatte das Gefühl, dieses Alter bereits vor einiger Zeit erreicht zu haben, sagte aber nichts. Welchen Sinn hatte es, so früh am Morgen mit dir unvermeidliche Beschwerden zu besprechen, Minuten bevor du gehen würdest? Laureano machte sich für die Schule fertig, und als ihr beide im Auto saßt, fragte ich dich, ob wir am Abend auf dich warten sollten. Du fragtest, was für ein Tag heute sei. Ich nannte ihn. Du überlegtest. Dann sagtest du, du seist nicht sicher, ob du es zum Abendessen schaffen, aber dass du auf jeden Fall zurückkommen würdest. Ich stand an der Bordsteinkante, sah deinem Wagen nach, bis er um die Ecke gebogen war, und habe ihn oder dich seither nicht mehr wiedergesehen. Der Morgen zog wolkenverhangen herauf, die Grünschattierungen in den Blättern der Bäume und die fuchsienfarbenen Blüten der Bougainvillea, die an der Wand neben dem Hauseingang rankte, alles war fahl geworden, als habe es Mühe zu atmen, fahler, als jede Farbe in Mexico City je gewirkt hat, seit ich mich erinnern kann.

Wir verließen den McDonald's zu jener toten Stunde am Nachmittag, die weder zur Mittags- noch zur Abendessenszeit gehört und während der Menschen in Restaurants ohnehin fehl am Platz erscheinen. Wir kamen nach Hause, und ich sagte, Laureano, es ist Badezeit. Er bekniete mich, nach draußen und ins Baumhaus gehen zu dürfen. Mir war seine Vitalität unbegreiflich. Ich war die ganze Zeit müde, und es überwältigte mich, das Kind so vor Energie strotzen zu sehen, zu sehen, dass er einfach nichts wollte, außer Spaß zu haben, als ob nichts anderes zählte. Ich wollte, dass er so bald wie möglich in die Wanne ging, weil er barfuß in dem dreckigen Bällebad gespielt und sich seither nicht die Hände gewaschen hatte. Ich wollte gar nicht erst über die Bakterien nachdenken, die an seinen Füßen klebten, seinem Gesicht. Ich war nicht in der Stimmung zu diskutieren, also ließ ich ihn gehen.

Eine Stunde verging, und er war noch immer draußen. Es war jener Augenblick am Abend, kurz bevor die Dunkelheit aufzieht. Der Himmel färbte sich weiß, und ich hatte den Eindruck, als wäre der Winter erneut eingebrochen, obgleich es Ende Juni war. Ich schob die hintere Tür auf und rief nach Laureano. Er antwortete nicht. Ich rief noch einmal. Dein Sohn, stur wie ein trockener Laib Brot. Ich machte mich in seine Richtung auf, aber plötzlich schaute sein sommersprossiges Gesicht aus einem der kleinen Fenster, und er sagte, er komme. Er hatte sein breites, unbezwingbares Grinsen im Gesicht. Dieser kleine Du.

Laureano sprang von der Veranda des Baumhauses und rannte mit roten Backen strahlend auf mich zu. Ich sagte, nun sei aber Badezeit. Mitten auf dem Rasen blieb er ruckartig stehen und sagte, ich würde niemals glauben, mit wem er zusammen gewesen sei. Ich hatte null Interesse, es zu erraten. Ich war seit halb sieben am Morgen auf und hatte einen anstrengenden Tag in der Praxis gehabt, vier Pediküren (alte, diabetische Witwer, Kunden, so erfreulich wie Hämorrhoiden), einen Fall von heftigem Fußpilz und eine Operation, bei der ich ein paar fies eingewachsene Zehennägel in Ordnung bringen musste. Ich hatte keine

Kraft mehr für Ratespiele, aber Laureano bestand darauf. Ich zählte ein paar seiner Kuscheltiere namentlich auf – Denver, die Giraffe; Pesacola, den Hahn; Pompeya, das Schaf –, aber alles umsonst. Er kicherte, schüttelte energisch den Kopf und meinte, ich würde es niemals herauskriegen. Ich geb auf, sagte ich, und er offenbarte, er sei mit dir zusammen gewesen. Laureanos Augen leuchteten entwaffnend, entzückt von dem Triumph. Der kleine Scheißer freute sich, als sei Dreikönigstag. Meine Beinmuskeln wurden zu Wackelpudding, matschig und zittrig. Einen Moment lang hasste ich ihn. Ich wollte ihm gleichzeitig ins Gesicht schlagen und ihn umarmen und in Tränen ausbrechen und schreien

WARUM TUST DU MIR DAS AN

tat es aber nicht. Ich stellte mir deinen schlaksigen, einen Meter achtzig langen Körper vor, wie er zusammengerollt neben unserem Sohn in dem Spielhaus liegt, wie dein grau meliertes Haar an der Decke kratzt gleich einem Stachelschwein mit Rasurbrand, wie deine unendlich langen Arme mit den starken Händen darum kämpfen, in die Kiste hineinzupassen, und die Vorstellung war herzzerreißend und komisch zugleich. Ich bat Laureano, mehr zu erzählen, aber er meinte, viel mehr gebe es da nicht zu sagen. Ich lächelte gezwungen und räusperte mich und wiederholte dann: *Badezeit.* Ich hielt seine Hand. Sie war warm, weich vor Neuheit, Hoffnung und Furchtlosigkeit des Kindesalters. Wir kamen ins Haus. Ich freute mich auf einen Drink.

Als sich Laureano im Badezimmer die Kleider auszog, meinte er, ich müsse ihm die Ohren ordentlich waschen, weil du nachgesehen und sie für eklig befunden hättest. Ich bat ihn, das noch einmal zu sagen, und er tat es. Ob du wirklich seine Ohren überprüft hättest, als ihr beiden zusammenwart? Kleiner Du bestätigte es und fügte hinzu, du habest ebenso seine Fingernägel, Zehennägel und Zähne überprüft. Ich packte ihn an den Schultern, beugte mich vor und untersuchte seine Ohren. Just in dem Moment meinte er, du hättest seine Finger- und Zehennägel für gepflegt erachtet, aber gesagt, das mit dem Zähneputzen könne noch besser werden. Und ich dachte

JA, KLAR

Ein Monat war vergangen, seit er dich zum letzten Mal gesehen hatte. Er schien dich genauso zu vermissen wie ich, aber darüber geredet hatten wir nicht. Ich wusste, er hatte sich schon lange an deine zeitweilige Präsenz in unser beider Leben gewöhnt. Er wusste bereits, du würdest nur ein paar Nächte in der Woche zu Hause verbringen, ihn hin und wieder zur Schule fahren. Ich hielt es noch nicht für nötig, deine Abwesenheit zu thematisieren.

Dann aber erkundigte er sich eines Abends beim Essen, wann du zurückkommen würdest. Wir waren fast mit dem Nachtisch fertig. Während ich nach einer Antwort auf seine Frage suchte, die mich selbst Tag für Tag verfolgte, bot ich ihm noch mehr Limonade an. Er warf mir diesen deinen Blick zu, der *Lass den Scheiß, Mom* bedeutete. Ich sagte, du müssest wegen deiner Arbeit lange verreisen, länger und weiter weg als sonst, weshalb du nicht hattest vorbeikommen, nicht einmal anrufen können, aber das würdest du tun, bald. Er fragte, wohin du gefahren seist. Kleine Kakteendornen bohrten sich in meine Lunge. China, sagte ich. Er fragte, wo in China. Ich wollte, dass er den Mund hielt und aufhörte, mir wehzutun, stattdessen aber sagte ich, du seist nicht nach Shanghai oder Peking gefahren, sondern in eine Stadt im Süden, ein Dorf, so klein, dass die Straßen nicht gepflastert seien, sondern aus Staub bestünden, mit einem Flughafen, derart klein, dass dort pro Woche nur ein Flugzeug landete. Er sah mich mit vor Verwunderung geweiteten Augen an, und ich fühlte mich abscheulich, die Tatsache auszunutzen, dass er erst sechs Jahre alt war. Er erkundigte sich nach dem Namen der Stadt. Ich meinte, ich könne mich nicht erinnern, ich hätte ihn selbst zum ersten Mal gehört, und drängte ihn, seinen Obstsalat aufzuessen. Er bat mich, ihn auf der Welt- karte nachzusehen, die wir ihm zum Geburtstag geschenkt und gerade erst an der Wand über seinem Bett befestigt hatten. Es war nach acht. Es war Bettgehzeit; wir würden das am Morgen machen, versprach ich ihm. Aber der ver- dammte Kleine Du insistierte, insistierte, insistierte, seine fruchtig riechende Stimme wurde immer lauter und auf- gebrachter, bis ich klein beigab. Er schoss aus der Küche. Ich trottete hinterher, wünschte, ich könne Wasser in Whiskey verwandeln, wünschte, ich hätte in meinem Le- ben doch klügere Entscheidungen getroffen.

Ich traf Laureano barfuß auf seinem Bett stehend

an, sein Zeigefinger kroch die senffarbene Außengrenze Asiens entlang. Nein, Hongkong ist es nicht; das ist tatsächlich eine ziemlich große Stadt, sagte ich. Er fragte, ob es Beihai oder Shantou oder Simao oder Xiamen seien, während er seinen Finger hin und her über die Karte des weitentfernten Landes gleiten ließ. Er zählte die Namen auf, die er in Südchina fand, und las sie in schneller Abfolge vor. Er war voller Neugier, so klug und klein. Ich dachte an all die Erniedrigungen, die das Leben für ihn bereithielt, und daran, wie hübsch er war und wie gut er lesen konnte für sein geringes Alter, ein Wirrwarr von Gedanken, das in mir große Einsamkeit auslöste. Ich wollte ihn küssen, immerzu, und mit ihm auf einen anderen Planeten fliehen, wo ich dir nicht begegnet und er trotzdem mein Sohn war, irgendwohin, wo du ein anderer Mann und bei uns wärst, aber ich stand bloß auf dem Bett und umarmte ihn hinterrücks, unsere Füße berührten sich auf der Bettdecke, und mein Zeigefinger deutete auf den kleinsten, isoliertesten Punkt, den ich finden konnte. Alles, was er sagte, war

BOAH

das sei ja echt weit weg und winzig, sagte er. Ich sagte, jetzt aber ab ins Bett.

Er erwähnte dich nicht wieder bis zu jenem Donnerstag. Ich hatte keine Ahnung, wo du warst, und fragte mich jeden Tag, warum du nicht einmal anriefst. Als er meinte, du hättest seine Füße, Hände und sein Gesicht überprüft, um sicherzustellen, dass ich mich in deiner Abwesenheit auch gut um ihn kümmern würde, tat ich seinen Tagtraum, seine Halluzinationen als Bewältigungsstrategie oder etwas in der Richtung ab. Aber später an diesem Abend, als Laureano schlief, kletterte ich hinauf ins Baumhaus, um nachzuschauen, ob du noch da seist, ob ich dich wohl auch würde sehen können. Ich passte nicht hinein. Ich hatte vergessen, wie klein es war. Wie hast du das hingekriegt? Wie hast du dich durchs Haus geschlichen, ohne dass ich es gemerkt habe? Warum hast du nur ihn besucht?

Ich wusste, eines Tages würdest du für immer gehen. Wusste, am Ende würde ich Laureano alleine großziehen. Wir lagen fünfundzwanzig Jahre auseinander. Ich hatte keine Zweifel, Laureano eines Tages die Nachricht deines endgültigen Abschieds überbringen zu müssen. So viele Male hatte ich die Szene im Kopf durchgespielt. Hatte richtiggehend geübt, verschiedene Gesichtsausdrücke probiert, wie in einem billigen Film: am Boden zerstört, wütend, resigniert. Der Text war stets derselbe:

LAUREANO, DADDY IST JETZT IM HIMMEL

Du hattest darauf bestanden, ihn taufen zu lassen und auf eine katholische Schule zu schicken, weshalb ich dachte, würde ich

LAUREANO, DADDY IST TOT

sagen, dann würde er als Erstes fragen, ob du es geschafft

hättest. Ich wusste, ich würde zögern, und das würde ihn quälen. In meinen Proben war dir sofortige Vergebung, ewige Erlösung gewährt worden. Ich war immer davon ausgegangen, dass ich, wärst du einmal fort, nicht die Nerven haben würde, ihm gegenüber weiterhin irgendwelchen Mist zu beschönigen, wie ich es noch immer tue. Ich hatte mir ausgemalt, mich in die brutal ehrliche Mom zu verwandeln, die ich nie gewesen bin:

Nein, Laureano,

GOTT GIBT ES NICHT

genauso wenig wie Himmel oder Hölle. Das ist der Schwachsinn, an den Daddy glauben wollte, weil es ihm das Leben leichter machte. Und, nein, Mommy und Daddy waren nie verheiratet.

Das Hochzeitsfoto auf meinem Nachttisch ist nicht echt, es ist

DAS UNECHTESTE HOCHZEITSFOTO ALLER ZEITEN

Das erste Mal, als du nach einem Hochzeitsfoto von uns gefragt hast, habe ich mir in einem Kostümverleih ein Kleid geliehen, und Daddy hat sich einen Smoking angezogen, den er aber nicht für diesen oder einen vergleichbar bescheuerten Anlass gekauft hatte, und wir haben das Foto während der Mittagspause in einem Fotostudio in der Nähe seines Büros machen lassen. Und als ich mich in dem Kleid sah, wünschte ich mir, wir hätten tatsächlich geheiratet, und als der Fotograf uns bat, zu lächeln, hatte ich Mühe, die Tränen zurückzuhalten, und dachte

WAS ZUM TEUFEL TUE ICH HIER

in diesem abscheulichen Kleid? Warum ruiniere ich mir mein Leben? Und Daddy war nicht wegen der Arbeit permanent nicht zu Hause, sondern weil er noch eine andere Familie hatte, und dort lebte er, selbst nachdem seine Frau gestorben war. Ja. Daddy hat dich geliebt, Laureano. Ich denke, das hat er wirklich, aber er hat dich nicht genug geliebt. Auch mich hat er nicht genug geliebt. Gesagt hat er es, aber nicht getan. Er hat uns in der gleichen Weise geliebt, wie andere Leute ihre Rassehunde lieben, ihre teuren Autos, ihre Time-Sharing-Apartments in Acapulco.

WIR WAREN SEINE HAUSTIERE

ein extravagantes Hobby, das er sich leisten konnte.

Und dennoch habe ich ihn geliebt. Das habe ich verdammt noch mal getan. Das hat nichts damit zu tun, ob man schlau ist oder ein Idiot, mutig oder schwach oder stark. Ich hoffe bloß, dass dir das niemals passieren wird, mein Sohn. Dass du jemandem verfällst, vollständig, unermesslich, grandios und endgültig, von dem du weißt, dass er dein Leben komplett ruinieren wird, und doch kannst du nichts daran ändern.

In der darauffolgenden Woche begannen die Schulferien,

und ich meldete Laureano in der Sommerschule für einen Englischkurs an, damit ich weiterhin morgens arbeiten gehen konnte. Am Sonntagabend rief ich das erste Mal seit Jahren meine Eltern an, um zu schauen, ob sich die Dinge nun geändert hätten. Aus irgendeinem Grund dachte ich, mein Vater wisse von deinem Verschwinden und dass er inzwischen vielleicht anderer Meinung war. Vielleicht wollte er ja seinen Enkel kennenlernen. Vielleicht würde er mir sogar anbieten, Laureano könne den Sommer bei ihnen verbringen. Als er meine Stimme in der Leitung hörte, fragte er

FICKST DU IMMER NOCH DIESEN MANN?

Ich wollte ihm sagen, du seist seit einem Monat verschwunden und dass ich nicht wisse, ob du mich abgesägt hättest oder gestorben seist oder was auch immer, aber ich sagte, ja, ich sei noch immer mit dir zusammen.

DANN BIST DU ALSO IMMER NOCH EINE NUTTE

sagte er und legte auf.

Jeden Abend nach dem Essen fragte Laureano, ob er ins Baumhaus könne, um mit dir zu spielen. Wenn er zurückkam, prahlte er damit, was ihr alles für lustige Sachen zusammen gemacht hättet. Einmal nahm er seine Kuscheltiere mit, nicht nur Denver und Pompeya und Pensacola, sondern auch José Alfredo, das Wildschwein, Acambay, den T-Rex, und Blue Demon, den Schimpansen. Er stopfte sie alle in seinen Spiderman-Rucksack, so als wolle er ausziehen, und ich beobachtete, wie er so schnell er konnte die Rasenfläche überquerte und die Plastikleiter hochkletterte, während der Rucksack zwischen seinen Schulterblättern hin und her hüpfte. Du flitzte zu dir. Als er zurückkam, erzählte er, ihr hättet Chapultepec Zoo gespielt. Du seist der Zoodirektor gewesen und er der Tierarzt, und gemeinsam hättet ihr alle Tiere von einer seltenen Erkrankung geheilt, die sie daran gehindert hatte, Blätter kauen zu können. An einem anderen Abend packte er *Der Kater mit Hut* und *Rotkäppchen* ein. Später erklärte er, du hättest laut daraus vorgelesen, jeder Figur dabei eine eigene Stimme gegeben, die Geschichten gespielt, als stündest du auf einer Bühne, und zwar so oft, wie er wollte.

Ich blieb im Wohnzimmer sitzen, sah aus der Entfernung zum Baumhaus hinüber, versuchte einen Blick auf das Geschehen darin zu erhaschen, wartete darauf, dass dein gebräuntes, leicht faltiges Gesicht hinter einem der winzigen Fenster auftauchte, aber es bewegte sich nie etwas. Einmal überquerte ich auf Zehenspitzen den Rasen und ging so nah ans Baumhaus heran, wie ich konnte, wollte euch während eures vermeintlich wonnigen Vater-Sohn-Vergnügens belauschen, aber das Baumhaus lag still da, so als sei es immer schon leer gewesen, und die Stille wurde nur hier und da vom Tschilpen eines nach seiner Mutter rufenden Taubenkükens oder dem Heulen einer Polizeisirene unterbrochen, das aus der Tiefe der Stadt heraufdrang, riesig und bedrohlich und sorgenvoll.

Als er am Abend darauf seine Kuscheltiere zusammenpackte, sich für einen weiteren Gute-Laune-Tag im Zoo mit seinem Vater bereit machte, fragte ich ihn, wann du denn aus China zurückkämst. Wir waren in seinem Zimmer. Sein Rucksack stand neben ihm auf dem Bett, und er stopfte Denver mit den Hufen voran hinein, um ihn unterzubringen. Er schaute auf zu der Karte über seinem Bett, wandte sich dann mit verwirrtem Blick mir zu, so als dächte er zum ersten Mal über die Frage nach. Er sagte, das wisse er nicht, und stopfte weiter Tiere in den Rucksack. Als er ging, wurde mir klar, dass ich gelernt hatte, ihn zu verletzen, ohne sichtbare Spuren zu hinterlassen, und dass ich ihm beim nächsten Mal genauso gut gleich die Fußsohlen auspeitschen konnte. An diesem Abend erzählte er mir nichts von eurem Ausflug. Ich fragte auch nicht nach, und keiner von uns erwähnte China je wieder.

Ich versuchte, bei dir im Büro anzurufen. Deine Assistentin hörte sich irgendwie zerstört an, so als seien ihr bei einem fürchterlichen Unfall die Zähne ausgeschlagen worden und sie habe sie im Mund behalten müssen. Sie erkundigte sich, wer ich sei, was ich wolle. Sie sprach nicht mehr – sie hatte zu bellen gelernt. Ich sagte, ich sei deine Fußpflegerin und riefe an, weil du ein paar Termine verpasst hättest und in der kommenden Woche ein weiterer vereinbart sei. Sie antwortete nicht. Die Regenzeit hatte die Stadt endlich heimgesucht. Ich hörte, wie die Autos auf der überfluteten Straße vor meiner Praxis vorbeirauschten. Deine Assistentin sagte, du seist eine Weile nicht in der Stadt, dass dich meine Nachrichten aber erreichen würden. Sie sagte das so, dass ich am liebsten aufgelegt hätte. Aber ob du rechtzeitig zu unserem nächsten Termin zurück seist? Es war Freitag, und ich sagte, du seist für Montag eingetragen. Erneut sagte sie, ich solle eine Nachricht hinterlassen.

Am Samstagmorgen sagte Laureano, er wolle ins Schwimmbad. Lass uns zur Abwechslung mal aus der Stadt rausfahren, meinte ich. Ich wollte mich von dem nagenden Gefühl befreien, dass sich meine Haut in knittriges Packpapier verwandelte. Ich wollte, dass der fremde blaue und wolkenlose Himmel, der sich über der restlichen Welt zeigte, unsere Knochen mit Lebendigkeit salbte. Lass uns nach Süden fahren, lass uns ein wenig die Hitze genießen! Wir packten Handtücher und Badesachen und Strandspielzeug ein und machten uns auf nach Cuernavaca. Laureano hatte sogar seine Stofftiere eingepackt. Er fand die Möglichkeit, sie auf ein Safari-Abenteuer mitzunehmen, total aufregend; er meinte, du würdest aus dem Staunen nicht mehr herauskommen, wenn er dir später alles darüber erzählen würde. Ich schlug vor, zu Mittag bei einem der berühmten Quesadilla-Stände an der Straße anzuhalten – du hast natürlich keine Ahnung, wovon ich rede –, gleich da, wo die Insurgentes endet und die Bundesstraße anfängt, wo Bäume stehen, die höher sind als die Häuser, und es Natur gibt, von der die Angst bislang noch nicht Besitz ergriffen hat. Aber das Verkehrsgewühl auf der Periférico wurde immer dichter, je weiter wir Richtung Süden fuhren. Als wir unsere Ausfahrt erreichten, ging es nicht weiter. Sie wurde von Streifenwagen und Kränen der städtischen Seuchenschutzbehörde versperrt. Männer in weißen Overalls und blauen Atemmasken standen auf den Hebebühnen der Kräne und bargen Dutzende menschlicher Gliedmaßen, die an den Bäumen am Rande der Periférico hingen, so als seien abgetrennte Arme und Beine von Körpern, die niemand je finden würde, die neuesten Früchte der Stadt. Ich hatte nie zuvor etwas Vergleichbares gesehen, lediglich in der Zeitung darüber gelesen oder es im Fernsehen verfolgt, und ich hatte es abgelehnt, diesen Berichten wirklich Glauben zu schenken. Unweigerlich fragte ich mich, ob irgendwelche dieser Extremitäten wohl dir gehörten und ob das der Grund für dein Verschwinden war, aber der Gedanke war schlicht zu schmerzvoll. Ich fragte mich, ob wohl die Mütter derjenigen, die ihre Gliedmaßen verloren hatten, wussten, was ihren Söhnen passiert war, und ich empfand Mitleid mit ihnen. Laureano wollte wissen, was diese Männer mit den Masken denn da taten. Ich sagte, nichts,

HALT DIR DIE AUGEN ZU

und warf ihm meinen kupferfarbenen Kaschmirpullover über den Kopf und befahl ihm, so lange zugedeckt zu bleiben, bis ich ihm Bescheid gab. Nach einer langen Zeit erreichten wir die nächste Ausfahrt. Ich fuhr ab und parkte den Wagen, mein Herz wummerte wie ein Ghettoblaster. Ich fragte mich, warum ich meinem Vater gesagt hatte, dass ich noch immer mit dir zusammen sei. Ich fragte mich, warum ich überhaupt je mit dir zusammen gewesen war, und ich spürte innerlich, wie du für mich etwas Fremdartiges bekamst. Ich fragte mich auch, was Laureano wohl gesehen hatte, bevor ich seine Augen verhüllt hatte, und was für Gefühle, welche Vorstellung von der Welt er entwickeln würde, wenn er diesen Moment verstand. Ich erinnerte mich, dass es auf der anderen Seite des Periférico ein Radisson gab, und ich erklärte Laureano, wir könnten nicht nach Cuernavaca fahren, schwimmen gehen würden wir aber trotzdem. Ich streichelte seine Beine und dann seine Schultern und seinen Rücken, als sei es klirrend kalt draußen. Ich drückte ihn fest an mich, beugte mich über die Schaltung, um ihn umarmen zu können. Er fragte, ob er seinen Kopf nun wieder rausstrecken könne. Kleiner Dus Stimme erstickt und zittrig. Er sagte, der Pulli kratze und ihm sei heiß.

Montagmorgen rief ich erneut in deinem Büro an. Wieder erklärte ich, wie es sich mit deinen Terminen verhalte, und deine Assistentin wiederholte, was sie am Freitag bereits gesagt hatte, was sich wie eine automatische Voice-mail-Ansage anhörte. Ich sagte, wir hätten bei deinem letzten Besuch ein paar Proben deiner Fußhaut genommen und ich müsse dringend mit dir die Ergebnisse besprechen. Sie ignorierte meine absurde Entschuldigung und sagte: Dr. Guevara

MÖCHTEN SIE IHM EINE NACHRICHT HINTERLASSEN?

Sie klang plötzlich warm und mitfühlend, so als kenne sie mich gut und mache sich Sorgen, so wie meine Mutter, als sie noch mit mir gesprochen hatte. Ich versuchte, sie mir an ihrem Tisch vorzustellen, wie sie meinen Anruf annahm, und mir wurde klar, dass ich nur sehr wenig von ihr wusste. Ich wusste, dass sie alt war, wie du. Das einzige Mal, als du von ihr erzähltest, sagtest du, sie arbeite bereits seit 1970 für dich. Ich sagte, das sei das Jahr, in dem ich geboren wurde. Du dachtest darüber eine Weile nach, so als versuchtest du zwischen den beiden Tatsachen einen gewissen logischen Zusammenhang herzustellen, und meintest dann, du hättest sie nie durch jemand Jüngeren ersetzt, weil du nicht wolltest, dass deine Frau denke, du könntest sie möglicherweise mit der eigenen Assistentin betrügen. Deine Frau lebte da noch; Laureano gab es noch nicht. Ich war damals der Meinung gewesen, unsere Sache wäre bloß eine Verrücktheit und ein Abenteuer, eine Affäre ohne Konsequenzen. Trotzdem kränkte es mich, dich so über deine Assistentin reden zu hören. Du fügtest auch nicht hinzu, sie behalten zu haben, weil sie ihre Arbeit gut machte oder loyal war oder dich in- und auswendig kannte. Ich begriff, dass du in der Lage warst, Menschen zu entsorgen wie Plastiktüten, aber ich betrachtete diesen Zug an dir genauso, wie ich Tragödien oder Pech betrachtete – als etwas, das stets andere betraf, nie aber mich selbst.

Mir gingen die Optionen aus, also bat ich darum, mit deinem ältesten Sohn sprechen zu können. Es herrschte Stille in der Leitung.

fragte sie schließlich. Ihre Stimme klang säuerlich, schwer und tief, war jetzt wieder im Zickenmodus. Ich sagte, ich würde gern wissen, was dir passiert sei. Ich sagte, du seist seit Wochen nicht nach Hause gekommen. Sagte, ich hätte einen Sechsjährigen, der den Verstand verlor, weil er dich fürchterlich vermisse, und ich müsse wissen, was los sei. Sie sagte nichts und legte mich in die Warteschleife, ihr Schweigen wurde nun durch eine zuckrige und nervtötende Version von Ravels *Boléro* ersetzt. Einige Minuten vergingen. Ich hörte, wie mein 10-Uhr-Termin im Wartezimmer eintraf – ein alter, geschwätziger Emigrant aus Spanien namens Silverio, Don Silverio, der mir während der Behandlung Geschichten aus seiner glücklichen Kindheit in Teruel erzählte, bevor der Bürgerkrieg die Familie auseinandergerissen hatte und er nach Mexiko geschickt worden war, gemeinsam mit anderen Kindern, fort von ihren Familien, und zwar, wie sich zeigte, für immer. Deine Assistentin kam wieder in die Leitung und fragte nach einer anderen Nummer, unter der ich zu erreichen war. Ich nannte ihr meine Handynummer, und sie sagte, Nein, sie brauche meine Festnetznummer. Sie klang wie eine andere Person. Deine Assistentin, oder wer auch immer jetzt am Apparat war, meinte, sie würden mich in einer halben Stunde zurückrufen. Ich sollte in meinem eigenen Interesse dann besser zu Hause sein, das alles sollte besser tatsächlich stimmen. Als ich auflegte, zitterten mir die Beine. Mir wurde schlecht, in meinem Magen wuchs ein Loch.

Ich rannte auf die Toilette, um mich zu übergeben, aber es kam nichts; ich sah meinen Körper vor der Kloschüssel zucken, sich in Krämpfen krümmen. Ich beobachtete das von außen, so als hätten sich Körper und Seele in zwei unterschiedliche Entitäten aufgespalten.

Ich machte mich frisch, ging zurück in die Praxis, griff nach meiner Handtasche und rannte hinaus. Auf dem Weg bat ich Esmeralda, meine Sekretärin, alle Termine an diesem Tag abzusagen. Aus den Augenwinkeln sah ich, wie sich Don Silverio aus seinem Stuhl erhob, seine großen, massigen, fleckig rosafarbenen Hände umfassten den Griff seines Gehstocks, und er legte das leuchtende, hoffnungsfrohe Grinsen auf wie immer, wenn er mich sah, aber ich hielt nicht inne, um ihn zu begrüßen. Mir fiel nichts ein, was ich ihm hätte sagen können.

Laureano spielte bereits im Bällebad, als dein anderer Sohn eintraf. Ich hatte einen Fensterplatz ausgewählt, damit ich Laureano durch die Scheibe hindurch sehen konnte. Victoriano setzte sich mir gegenüber. Er sah mich schweigend an. Er schien von meinem Alter und Aussehen sowohl fasziniert als auch angeekelt zu sein. Ich kam mir wie ein Gemälde von Francis Bacon vor, abstoßend und fesselnd zugleich. Ich bewunderte die Züge seines glattgeschmirgelten Gesichts, suchte nach Spuren von dir. Äußerlich musste er seiner Mutter gleichen. Er war auf ganz andere Weise hübsch und schwerfällig als du, trotzdem aber war er Du. Du hattest einmal erwähnt, er sei älter als ich, aber aussehen tat er jünger. Er strahlte sein Singledasein, seine Kinderlosigkeit geradezu aus, all die Makel, die ihn ausmachten und dir Sorgen bereiteten. Aber er hatte deine riesigen cognacfarbenen Augen geerbt und deine Mundwinkel, hochgezogen, als deuteten sie gen Himmel.

Victoriano schaute aus dem Fenster, auf der Suche nach seinem Halbbruder, und entdeckte ihn gleich. Ich konnte es daran erkennen, wie seine Gesichtsmuskeln sich anspannten und sein Körper die Sitzposition veränderte. Dieser Moment, in dem man sich selbst in jemand anderem wiederfindet. Der schreckliche Augenblick, in dem das Leben die Maske vor dir fallen lässt.

Er starrte, schweigend. Draußen, im Bällebad, führte sich Laureano auf wie ein Derwisch. Der Blick deines Sohnes wurde für einen Moment weicher. Er schien erstaunt zu sein, dich zu sehen.

Er fragte nach Laureanos Alter. Ich antwortete, und er nickte, die Augen einen Moment lang geschlossen. Dann ein Grinsen. Dasselbe Grinsen, das du immer zur Schau stelltest, bevor du etwas Grausames sagtest. Bevor er irgendetwas sagen konnte, fragte ich ihn, ob er irgendetwas über Laureano oder mich gewusst habe. Ich wusste, dass dem nicht so war. Ich wollte ihm bloß als Erstes wehtun, auch wenn er am längeren Hebel saß.

Er antwortete nicht. Er fragte

TRÄGT ER UNSEREN NAMEN?

Ich hasste dich in diesem Moment dafür, dass ich diese

Erniedrigung ertragen musste. Und ich hasste mich selbst dafür, dass ich sie zuließ.

DU KENNST DEINEN VATER NICHT, ODER?

sagte ich. Victoriano wandte den Blick von Laureano ab, dessen Verrenkungen im Bällebad er verfolgt hatte, und schaute mir in die Augen. Er sagte, Laureano oder ich seien ihm vollkommen gleichgültig. Er sei nicht wegen uns da, sondern wegen seiner Familie, deiner. Er müsse wissen, ob Laureano deinen Namen trage, seinen Namen. Ich fragte, ob das auch nur irgendeinen Unterschied machen würde. Er sagte, die Schritte, die er einleiten würde, um sich um uns zu kümmern, hingen von meiner Antwort ab. Er klang weder drohend noch besorgt, bloß arrogant. Ich fragte, wovon er überhaupt rede. Sagte, er brauche sich nicht um uns zu kümmern. Ich hätte nicht bei dir im Büro angerufen, weil ich Hilfe brauchte. Hätte bloß wissen wollen, wo du seist. Er schaute mich merkwürdig an. Ich spürte seine Verachtung. Aber da war noch etwas anderes. Ich sagte, bitte, ich muss wissen,

WAS MIT IHM PASSIERT IST

Er verschränkte die Arme, stützte die Ellbogen auf dem Tisch ab, wandte den Blick ab und seufzte. Dann starrte er mich wieder mit demselben eigentümlichen Gesichtsausdruck an, voller Zorn und Trauer, bevor er erneut wegschaute, kopfschüttelnd. *Kleiner Ficker*, flüsterte er und lachte säuerlich in sich hinein. Er sprach *kleiner Ficker* beinahe väterlich aus, fast stoisch, so als erkenne er deine Abgefucktheit an, oder seine oder Laureanos oder die aller zusammen, die allen Männern inhärente Abgefucktheit, so als feiere er sie und leide gleichzeitig daran. Ich kämpfte darum, die Kontrolle zu behalten und dass mein Blick nicht die schreckliche Angst erkennen ließ, die ich um mich und Laureano und vor dem hatte, was womöglich als Nächstes passierte. Dann fing er sich, schaute mich an und sagte es. Er sagte, du seist am letzten Donnerstag im Mai auf dem Nachhauseweg von der Arbeit entführt worden. Er sagte, über deinen Aufenthaltsort sei ihnen nichts bekannt, aber für die Sache selbst gebe es Beweise. Ich fragte, Beweise welcher Art, aber er weigerte sich, näher ins Detail zu gehen. Er sagte das alles ausdruckslos, so als sei er bloß der Überbringer einer offiziellen Nachricht und nicht dein Sohn, aber seine Augen verrieten ihn. Sie waren voller Angst und Verzweiflung. Ich begriff, dass du für sie am selben Tag von der Bildfläche verschwunden warst wie für uns, was meinen Hass dir gegenüber verkleinerte. Ich dachte an dich, allein und voller Angst, und einen Augenblick lang hatte ich das Gefühl, ich würde alles für dich tun, um dir zu helfen, dich vor Leid zu bewahren. Ich schaute unseren Sohn an, kleiner und ungebärdiger denn je. Mir gelang es nicht, die Tränen zurückzuhalten. Ich schluchzte leise, verdrehte mir den Hals, um zum Fenster zu schauen, schirmte die eine Gesichtshälfte mit der Hand ab, damit dein Sohn nicht sah, dass ich weinte.

Im Spiegelbild des Fensters schwoll alles innerhalb des

McDonald's-Restaurants an, deformiert und durchscheinend, hell rot, gelb, weiß. In einem separaten Raum fand eine Geburtstagsfeier statt. Eine der Angestellten, eine Frau, betrat den Raum mit einer pinkfarbenen Torte im Barbie-Stil mit einer Fünf als Kerze. Die Gruppe brach in begeistertes Jubelgeschrei aus, als sie sie sah, und stimmte im Chor «Las Mañanitas» an; selbst das Mädchen, das Geburtstag hatte, aber das alles konnte ich nicht hören. Was ich hören konnte, waren die Rufe anderer Kinder, das Geräuschgewirr der Kunden, die aßen und herumliefen, und die ranzige Achtziger-Popmusik, die aus den Lautsprechern kam, Chaka Khan, Sheena Easton und Julio Iglesias, einer nach dem anderen, während meine wässrigen Augen Zuflucht vor deinen Söhnen und deinem Schicksal suchten, vor der Abgefucktheit all dessen, bei der Geburtstagsfeier dieses vom Glück begünstigten Mädchens, die ich nicht hören konnte, aber sehen und fühlen. Ich beneidete das arme kleine Mädchen und ich beneidete ihre Familie und ihre Freunde, und in dem Moment wünschte ich, dass die Wünsche, die sie sich wünschen würde, wenn sie die Kerzen ausblies, nicht in Erfüllung gehen mochten.

Victoriano schwieg, während ich mich zusammennahm. Er sah aus dem Fenster, hypnotisiert von dem Schauspiel, das sein kleiner Bruder aufführte, der Köpper machte und Wellen aus Plastik hochspritzen ließ. Er sagte, wenn Laureano bloß meinen Namen trage, schwebten wir in nicht so großer Gefahr. Andernfalls müssten wir schnell handeln. Das war das einzige Mal, dass er von uns, nicht nur von Laureano und mir, sondern auch von ihnen, deiner Familie, als einer Einheit sprach. Ich sagte, natürlich trage er deinen Namen, und er erwiderte, dann müssten wir so schnell wie möglich aus dem Land fliehen. Ich fragte, warum, und er sagte, weil unsere Sicherheit gefährdet sei, nicht bloß meine und Laureanos, sondern ihre ebenso, die deiner Geschwister und ihrer Ehepartner und auch die deiner Enkel, und ich fragte, wieso dem so sei, und er sagte, weil sie es sich nicht leisten könnten, dass noch andere Mitglieder der Familie entführt würden. Ich wusste nicht, was ich noch sagen sollte, also sagte ich nichts. Ich fühlte mich wie in einem Traum, verlangsamt, schokoladenartig, erdbeerig, milchshakig, pommesfrittig, geburtstagskuchenartig. Ich bin sicher, er meinte es nicht, aber er sagte

ES TUT MIR LEID

aber dass er es ernst meine. Ich sagte, wir könnten nicht weg, ich hätte meine eigene Firma, eine Hypothek, ein Auto. Ich könne nicht einfach alles stehen und liegen lassen und abhauen. Er sah mich herablassend an und sagte

DANN BIST DU ALSO BERUFSTÄTIG UND ALLEINERZIEHEND, MHM?

Das sei ja rührend. Da sei ich ja sicher anderen Frauen ein Vorbild. Er sagte, jetzt sei ihm klar, dass ich nur mit dir zusammen gewesen sei, weil ich dich liebte.

fragte er, der kleine Ficker. Ich fragte mich, wie sehr du mich wohl hassen würdest, wenn du gewusst hättest, was ich nun tun würde, und da begriff ich, dass ich dich ja womöglich niemals wiedersehen würde. Ich wünschte, es hätte in dem Augenblick jemand neben mir gesessen, meine Eltern, die Freunde, die nicht mehr mit mir sprachen, und wäre für mich eingestanden. Mir war danach, von dem unbequemen, am Tisch befestigten Plastiksitz aufzustehen, auf dem mein Hintern kalt und gefühllos geworden war, meinen Sohn zu holen und zu gehen, aber ich entschied mich dagegen.

DEIN VATER HATTE RECHT, DU BIST SO EIN VERSA-
GER

sagte ich und stand langsam auf, in der Hoffnung, das ließe mich größer erscheinen, als ich bin. Ich griff nach meiner Handtasche. Ich nahm das rote Plastiktablett mit dem Burger, den ich nicht geschafft hatte, und den Chicken Nuggets, die Laureano nicht gegessen hatte, und schmiss alles in den Abfall. Ich war so aufgeregt, dass ich sogar das Tablett wegwarf. Ich spürte, wie mir der schwere Blick deines Sohnes folgte. Ich hatte Angst, er würde mir folgen, aber das tat er nicht. Ich gab mein Bestes, ihn zu ignorieren, in dem Wissen, es mir eigentlich nicht leisten zu können, tat es aber trotzdem und drehte mich kein einziges Mal um. Ich ging einfach weg.

Einige der Kinder hörten zu spielen auf und glotzten mich an, erstarrt, so als sei ich Gullivers Freundin, die ihr Reich in Beschlag nahm. Laureano schwamm und planschte weiter im Bällebad herum, hatte meine Anwesenheit nicht bemerkt. Ich nahm meine Ohrringe ab und steckte sie in die Handtasche, stellte die Handtasche auf den Boden, zog mir die Schuhe aus und stieg langsam in das Becken.

Laureano jauchzte, als er mich sah, und fragte, was ich denn hier mache, verdutzt, so als stehe er aufseiten der besorgten Kinder. Er stand bis zur Taille in dem Meer von Plastikbällen. Ich umarmte ihn so gut es ging, spürte seinen zerbrechlichen Körper warm an meinem, sein weiches Haar, das nach zu Hause roch, und wollte ihn nie wieder loslassen. Ich sagte ihm ins Ohr, dass ich jedes Mal, wenn wir hierherkämen, sähe, was für einen Riesenspaß er in dem Becken habe, und ich immer schon hätte mitmachen wollen, mich aber nie getraut hätte. Er sagte, das sei ziemlich cool, und machte einen Kopfsprung; sein Kopf verschwand inmitten von Wellen aus Plastikbällen, roten und purpurfarbenen, grünen, gelben und blauen. Ich hatte mir immer Sorgen gemacht, die Bälle seien zu rau oder zu kalt, wenn man sie anfasste, oder zu stinkig, mal ganz abgesehen von den ganzen Bakterien, die zweifellos daran klebten, aber das waren sie nicht. Sie fühlten sich glatt und angenehm an. Sie rochen nach Zitronenbaum. Ich warf einen Blick zurück zum Restaurant, suchte Victoriano, aber er war weg. Ich lag rücklings auf der Oberfläche dieses Meeres und ließ mich von ihm tragen. Ich spürte, wie die Zeit verstrich und wie das Schreien der Kinder um mich herum ausdünnte, bis mir ein junger Angestellter auf die Schulter tippte und sehr freundlich sagte, während ich gerade die Augen öffnete, dass es bereits Abend und womöglich eine gute Idee sei, wenn ich und mein Kind nun nach Hause gingen.

Als wir bei uns zu Hause ankamen, fragte mich Laureano, ob er zu dir nach draußen gehen könne. Ich war sehr schweigsam, deshalb sagte ich nur, okay, und er flitzte in sein Zimmer. Minuten später kam er mit dem Rucksack auf den Schultern zurück.

Als er nach draußen ging, fragte ich ihn, ob er dir eine Botschaft übermitteln könne. Er meinte, klar könne er, und sein sommersprossiges Gesicht wurde rot, so als fragte er sich, ob er nun etwas über dich erfahren würde, oder mich, oder uns beide, das er eigentlich nicht wissen sollte, etwas, das zu erfahren er sich aber schon lange gewünscht hatte. Er sah so wunderschön und durchscheinend aus in dem gelben Licht der Nacht. Ich sagte

SAG DADDY ICH VERMISSE IHN

Sein Gesicht wurde ernst und erschlaffte, er sah aus wie der Mann, der er eines Tages sein würde, der Mann, der vergessen würde, wie man kopfüber in Behältnisse voll farbiger Unendlichkeit sprang und ausgelassen war, der Mann, der eines Tages verletzen und selbst verletzt werden würde von der Welt der Männer und allem, was damit zusammenhing. Er kam langsam auf mich zu und umarmte mich, seine gesamte kleine, hilflose Stärke lag in dieser Geste. Er vergrub seine knochige, perfekte Wange und deinen kratzigen, unvergänglichen Haarschopf in meinem Bauch und versprach, dir meine Botschaft zu übermitteln.

Ich saß im Wohnzimmer auf der Ottomane und sah zu, wie unser Sohn den Rasen überquerte, in der aufgeladenen, nächtlichen Luft der Stadt, die uns verstoßen wollte. Ich sah ihn müde über das Gras gehen, als seien die Tiere, die er trug, echte, lebende Kreaturen, und es schien mir, als sei die Entfernung zwischen unserem Haus und dem Baumhaus unermesslich groß geworden. Es war eine samtige, dunkelblaue Nacht ohne jeden Schrei, die sich wie gestohlen anfühlte von einem besseren Breitengrad der Erde.

Ihren Duft zuerst

Ich betrete das Zimmer meines Lieblings und finde ihn vor dem Bett, die Knie auf dem Teppich festgenagelt, die verästelten Hände klammern sich an der Tagesdecke fest, als sei sie Treibsand. Er bemerkt mich nicht. Mein Liebling sieht und hört mich nicht mehr. Ich gehe weiter in sein Ankleidezimmer und beschäftige mich damit, seine Hemden zu streicheln, seine Polohemden und Pullover glattzustreichen, die noch immer nach Suavitel riechen, uralt und erschütternd, wie der hintere Teil des Hauses immer roch, als ich noch lebte. Mein Geist kuschelt sich an Ärmel, Kragen und Bündchen, frisch und faltenfrei, als sei der Stoff aus Wolken, all seine Kleider strahlend weiß, denn seit mein Liebling zum Mann wurde, ist das die einzige Farbe, die er trägt. Mein Liebling, der einst Mächtige und Makellose. Er war ein Engel, der durch die Tage toste, andere zerquetschte wie Fliegen, vor diesem Nachleben.

Ich nenne ihn meinen Liebling, aber davon weiß er nichts. Hat er nie. Mein Liebling, dreist und übellaunig und verdammt niedlich seit dem Tag, als er zur Welt kam. Er hat noch immer eindrucksvolle Arme, wie Rasierklingen, und das helle Haar seiner Mutter, wie Sonnenblumen. Sie war stolz darauf, ihn zur Welt gebracht zu haben, auf alle war sie stolz gewesen, aber mein Liebling gehörte von Anfang an mir. Sein Benehmen machte mich anfangs frösteln, nicht nur mich, sondern auch alle anderen im Haus, Geschwister und Bedienstete gleichermaßen. Jetzt zittern ihm die Hände, und er schlägt die Augen nieder, verdunkelt von der Wahrhaftigkeit der Angst, der Absolutheit des Todes, die ich und alle anderen im hinteren Teil des Hauses schon seit langem als die unvermeidliche Alltäglichkeit erlebten, die sie darstellt, die einem schlicht und einfach widerfährt, wenn man ein durchschnittlicher Niemand ist, ihm hingegen, ihnen, nicht, in diesem bollwerkartigen Reich der Sicherheit, bis jetzt. Keiner von ihnen war bislang von der allmächtigen Notwendigkeit betroffen gewesen, die uns alle gleich macht. Die armen, dummen Kinder. Mein Liebling und seine Geschwister, die nun fort sind.

Jetzt wissen sie, was Verlust ist, und aus der Entfernung lächle ich.

Als immer weitere Pakete an der Tür abgegeben wurden, suchte mein Liebling Zuflucht in seinem Zimmer. Pakete voller vermeintlich wertvoller Dinge, die die Geschwister zurückgelassen hatten. Es war erschütternd und erheiternd zugleich zuzusehen, wie sie die Flucht antraten. Nachdem man ihnen Don Victoriano in Einzelteilen zurückgeschickt hatte, bekamen sie eine solche Angst, dass sie davonliefen, so schnell sie nur konnten, sich in ihre teuren Hosen und Bleistiftröcke schissen, wieder zu Babys wurden, die mit stinkenden Windeln im Haus herumliefen, bis ich sie wechselte, manchmal sofort, wenn ihre Mutter oder Don Victoriano da waren, aber häufig erst, wenn sie schon Ausschlag und Fissuren an den Genitalien hatten, denn ich wollte, dass diese Kinder, die bei allem sofort anfingen zu heulen, etwas darüber lernten, was echter Schmerz bedeutete. Wenn auch nur ein bisschen.

Teure Gemälde, die aussahen, als hätten Dummköpfe sie gemalt, von den Eltern und Großeltern geerbte Teeservice und Bestecksets aus Silber, in Leder gebundene Fotoalben mit Tausenden Familienbildern, umfassende Zeugnisse ihrer jahrzehntelangen Blütezeit – aus den glücklichen, selbstsüchtigen, arroganten Tagen, die diesem Entsetzen vorangegangen waren. Fotos, auf denen auch ich hin und wieder auftauche, mich bei Geburtstagsfeiern ins Bild schmuggele, während ich ihrer Mutter helfe, die Torte zu servieren.

Mein Liebling hatte die zahllosen Pakete im Haus verstaut, in den Fluren und Zwischengeschossen, im Wohnzimmer, im Esszimmer, der Bibliothek, dem Spielzimmer, in Don Victorianos Zimmer und den Zimmern seiner Geschwister. In jedem Zimmer, außer dem eigenen. Mein Liebling ist der einzig Verbliebene im Haus, und doch wurden weiterhin haufenweise Pakete ohne Aufschriften, Aufkleber oder Namen hineingeschaufelt, um ihm Gesellschaft zu leisten, ihn zu beschützen. Die Pakete vermehrten sich wie eine Plage. In nur wenigen Tagen waren sie überall, wie Larven in einem bösen Traum.

Stapel, Reihen, Haufen, Halden und Hügel von Paketen bedecken dicht an dicht das Parkett, die Marmorböden. Sie haben schmale, labyrinthische Gänge gebildet, die einen Raum mit dem nächsten verbinden. Es ist unmöglich geworden, die tatsächliche Größe der Räume zu erkennen, wie schön sie eingerichtet waren – dieses Haus war atemberaubend und überwältigend; ihre Mutter, das muss ich zugeben, hatte Klasse – und der Geruch von Don Victoriano und das vage männliche Aroma von Holz und Tangerine, das mein Liebling hinter sich herzog, als er noch Eau de Toilette trug.

Ihre Mutter roch immer wie eine Porzellanpuppe, makellos und unbeseelt, aber ihr Geruch verschwand bald nach ihrem Tod. Ich sorgte dafür, dass Kristallglasvasen mit Rosen aus dem Garten in jedem Zimmer standen, für meinen Liebling und seine Geschwister, für Don Victoriano auch, um ihren Zauber rasch vergessen zu machen – ihren Duft zuerst.

Jetzt ist alles, was man sieht, dieses Labyrinth aus Paketen, die Ecken der Pakete, die zerknitterte Paketfestung, und man riecht nur noch diesen Geruch. Das ganze Haus riecht nach verrotteter Rinde, auf diese stechende Weise, wie feuchte Pappe das tut. Ich schleppe mich diese von Paketen herausgemeißelten, schmalen Korridore entlang, von der Küche ins Esszimmer, von der Bibliothek ins Billardzimmer, und das Haus teilt mir mit, es verschlinge sich selbst.

Ich kann hören, wie es schreit.

Das Haus des Vaters frisst das der Kinder.

Bald wird es keine Spuren ihres Lebens mehr geben. Alle sind fort. Nur mein Liebling, der schon immer hier gelebt hat, und das Haus stehen noch. Um die habe ich mich noch zu kümmern. Und um mich selbst, in dieser Schande.

Gott, steh mir bei.

Als mein Liebling mich noch hören konnte, schlug ich vor, die Pakete doch in der Garage und im Keller einzulagern. In den Abstellräumen des Hauses sei genügend Platz, um die zurückgelassenen Sachen der Kinder zu verstauen, die Vergangenheit hinter Mauern zu sichern, aber er schrie Nein. Aus den Augen meines Lieblings sprach Angst, sie wirkten wie Glühbirnen kurz vor dem Bersten.

Mein Liebling spürt mich, als ich aus dem Wandschrank komme, und wendet sich um, folgt meiner Gegenwart. Er weiß, ich bin hier, wir bleiben einander verbunden. Aber ich kann seinem Blick eines in die Ecke getriebenen Bullen nicht standhalten. Kann nicht sein schlaffes Gesicht berühren. Aus dieser Distanz, die uns qua meines Loses auferlegt ist, kann ich ihn nicht besänftigen. Kann seine geröteten Wangen nicht streicheln und die verzerrten Züge seines schweißgebadeten Gesichts nicht glätten, in denen sich Trunkenheit und Angst abzeichnen. Ich habe meinen Liebling noch nie so gesehen, und ausnahmsweise bin ich einmal dankbar, dass er mich auch nicht sehen kann.

Es ist Ende Oktober. Die Nachtluft ist süß und kühl. Das Leben im Haus ist schal geworden; es ist nun einige Wochen her, seit die Kinder geflohen sind. Nichts bewegt sich. Wenn man stillsteht und aufmerksam lauscht, kann man die Echos der Leben hören, die sich unter diesem Dach abgespielt haben, die der Kinder, die der Eltern, unserer, wie sie allmählich leiser werden.

«Wie kann es sein, dass immer weitere Pakete ankommen?», fragte mein Liebling irgendwann. Es war Ende September, Tage bevor ich, aus der Küche kommend, auf dem Weg ins Esszimmer, wo mein Liebling noch immer zu den festen Zeiten sein Abendessen einnahm, über die Ecke eines Pakets stolperte und hinfiel, mit der Stirn hart und ohne es abwenden zu können gegen die Ecke einer Mahagoni-Truhe knallte. Ich bediente ihn nach wie vor wie üblich, versuchte, ein normales Leben aufrechtzuerhalten. Weh uns! «Wann hört das mal auf?» Ich wusste darauf nichts zu sagen.

«Das Abendessen ist fertig, Vic. Kommen Sie herunter?» Ich wünschte, ich könnte dies jetzt zu ihm sagen. An einem Abend wie diesem würde er sicherlich etwas Warmes bestellen, schmackhaft und wohltuend. Caldo tlalpeño oder Lauchcreme und Kartoffelsuppe. Hausgemachte Maistortillas. Ein Glas Rotwein. Dann würde er fragen: «Was gibt es denn zum Nachtisch, Erme?» Mein Liebling, mein kleiner Süßzahn bis in alle Ewigkeit. Ich würde verkünden, ich hätte Milchreis gemacht, ganz nach seinem Gusto, al dente, schön sämig mit einer Extraprise Zimt. Und er würde strahlen, selig. Einmal würde mein Liebling schwach sein, seine harmlose Seite zeigen, aber nur mir. Denn ich war es auch, der gegenüber er niemals Verachtung zum Ausdruck brachte. Ich war die Einzige, die nie Angst vor ihm hatte. Die Einzige, die er je wirklich geliebt hat.

Ich bin mir sicher, ich bin auch der Grund gewesen, weshalb er nie gegangen ist.

Jetzt stehe ich direkt vor ihm, neben seinem verdreckten, zerwühlten Bett, lausche seinem entgleisten Atmen, nicht weit vom Ersticken entfernt, und beobachte anhand seines Untergangs den seiner Familie.

Er kann meine Tränen nicht sehen. Und auch mein Gleichmut entgeht ihm.

Barfußhunde

Es sind nicht das Baby oder der Hund oder die Erinnerungen oder die Geister, die mich wecken. Es sind die Lieferwagen. Ich höre das Zischen ihrer aufgleitenden Metalltüren, das Scheppern, wenn die Fahrer sie zuschlagen, den dumpfen Aufprall auf dem Asphalt, wenn sie Bierfässer oder Kisten voller Obst und Gemüse und anderer Lebensmittel ausladen. Ich höre die rostigen Türen der Läden, die die Straße säumen, wenn sie am Morgen öffnen – des Supermarkts im Erdgeschoss unseres Gebäudes, der Apotheke mit ihrem grünflackernden Neon-Kreuz an der Ecke, der Bar links von uns. Der rechts von uns. In Madrid gibt es alle zehn Meter eine Bar. Sie riechen nach Rauch, Chorizo und Schweiß. Madrid ist eine Bar, die niemals schließt. Laut und voller übermütiger Menschen, die offenbar stets nervtötend gutgelaunt sind.

Die Geräusche der Stadt dringen wie eine Druckwelle in unser Zimmer ein, sobald die Dämmerung einsetzt. Der Raum, wo Catalina, das Baby und ich schlafen, geht zur Straße hinaus, und wir lassen die Fenster offen, um etwas Luft hineinzulassen. Es gibt keine Vorhänge oder Jalousien vor den Fenstern, weil wir uns hier keine Sorgen um Privatsphäre und Sicherheit machen. Darüber müssen wir uns nicht mehr den Kopf zerbrechen.

Es ist sechs Uhr morgens in Madrid, und ich bin bereits

wach. Und schwitze. Das T-Shirt, in dem ich geschlafen habe, ist feucht und klebrig. Es ist weiß, aber mein Schweiß hat pfirsichfarbene Flecke auf der Brust hinterlassen. Ein September, wie ich ihn noch nie erlebt habe. Erdrückend und ohne einen Tropfen Regen.

Sechs Uhr morgens in Madrid heißt elf Uhr abends in Mexico City. Zu Hause ist noch gestern. Noch Nacht. Die Straßen sind voller Leute, die sich auf die Feiern zum Unabhängigkeitstag vorbereiten. Straßen, in denen ich aufwuchs, Vater wurde und meinen verlor. Masaryk, Reforma, Periférico Norte, Montes Elíseos. Voller Autos. Scheinwerfer an.

Ich vermisse die Nächte.

Ich stehe auf und werfe einen Blick in die Wiege. Das Baby lebt. Es bewegt sich. Ist bereits wach. Der Jetlag hat ihm hart zugesetzt, und zwei Wochen nachdem wir in Madrid gelandet sind, wacht es noch immer zu früh auf. Streckt Arme und Beine aus. Sabbert.

Es gibt gurgelnde Geräusche von sich, Vorboten von Wörtern, wie Catalina beharrlich behauptet – sie hält ihn für früh entwickelt. Ich selbst weiß nicht viel über Babys – zu Hause war ich der Jüngste –, aber die Geräusche klingen eher so, als würde er in seiner eigenen Spucke ertrinken.

Ich nähere mich der Wiege, und der Gestank von Kot und parfümierten Windeln schlägt mir ins Gesicht. Ich nehme das Baby heraus und spüre, wie es mich ansieht. Ich vermeide, ihm in die Augen zu schauen. Er ist eine exakte Nachbildung von mir. Das macht mir Angst.

Ich lege ihn aufs Bett und wechsle die Windel. Sie ist

randvoll. Auch sein himmelblauer Strampler ist total verdreckt. Ich säubere ihn so gut ich kann, aber jetzt stinkt der ganze Raum nach Scheiße.

Ich wünschte, er würde nach Feuchttüchern für Babys riechen, blumig und pudrig, so wie Babys meiner Vorstellung nach riechen sollten, wenn ich mir das Bild des prächtigen, glücklichen Säuglings auf der Packung mit den Feuchttüchern ansehe.

Das Baby kam ein paar Tage nach Eintreffen des ersten Pakets zur Welt. Nachdem der Geburtsvorgang bereits dreiundzwanzig Stunden lang andauerte, steckte es fest. Dr. Castañeda musste einen Kaiserschnitt vornehmen und ihn holen. Er reichte ihn mir, und ich musste die Nabelschnur durchschneiden. Ich musste an meinen Vater denken, ob ich wollte oder nicht, an das Leid, das er zu ertragen hatte. Den Mumm abzulehnen hatte ich nicht, aber ich schloss die Augen, als ich die Schnur durchtrennte. Sie fühlte sich nicht menschlich an; es war eher, wie wenn man einen Kupferdraht durchtrennt. Als ich ihm zum ersten Mal ins Gesicht sah, war er von Blut und Schmiere bedeckt. Violett und angeschwollen, und dennoch bereits ein Spiegel. Er öffnete die Augen und ließ seinen Blick durch den Raum wandern, bis er an mir hängen blieb. Wir sahen einander eine Weile lang an, bevor ich ihn Catalina reichte. Es war das letzte Mal, dass ich ihn anschaute. Am nächsten Tag, als Dr. Castañeda vorbeikam, um nach Catalina und dem Baby zu sehen, gestand er, es sei eine der schwierigsten Geburten seiner Karriere gewesen. Er klang entschuldigend und betreten. Catalina und ich waren sprachlos.

Meine Fingerspitzen kribbelten vor Panik. Mir wurde klar, dass mein Sohn irgendwann einmal sterben würde und ich nichts daran würde ändern können. So, wie ich Angst davor hatte, ihm könne irgendetwas zustoßen, hatte ich zum ersten Mal Angst vor ihm. An dem Nachmittag bat ich im Krankenhaus darum, uns und dem Baby einen Bodyguard zuzuteilen.

Ich ziehe ihm einen frischen, sauberen Strampler an und lege ihn neben Catalina. Sie schläft noch. Sie schläft viel dieser Tage. Sie sagt, sie habe sich noch nicht wieder richtig erholt. Sie sagt, sie fühle sich genauso schläfrig wie während der ersten drei Schwangerschaftsmonate, aber damals hatte sie nicht so viel geschlafen.

Ich streiche ihr zart über die Schulter und flüstere ihren Namen.

«Was ist los?», sagt sie, die Augen noch immer geschlossen. Ihre Stimme ist schwer.

«Belisario», sage ich ruhig. «Ich glaube, er hat Hunger.»

Catalina zieht ihr T-Shirt hoch und entblößt eine vor Milch pralle Brust. Sie zieht das Baby zu sich hinauf und legt ihn an. Belisario beginnt zu saugen wie ein Tier; die Geräusche, die er macht, sind primitiv und ursprünglich. Und quietschig. Als wären seine Lippen oder Catalinas Nippel oder beides aus Gummi.

Immer wenn er trinkt, nutze ich die Gelegenheit, einen Blick in sein Gesicht zu werfen. Er ist eng an Catalinas Brust geheftet, und dieser Druck deformiert seine Nase, verändert seine Gesichtszüge. Seine Wangen sind endlos und rundlich. Seine Lippen sind röter. Sein Stirnrunzeln

170

pelziger. Er sieht nicht wie mein Sohn aus. Er ist ein anguckbarer, erträglicher Fremder.

Catalina schläft weiter. Sie schafft es, ihn zu füttern, während sie träumt. Ich beneide sie. Die Anwesenheit des Babys, seine bloße Berührung, scheint sie glücklich zu machen, selbst wenn sie nicht wach ist.

Zwanzig Minuten später hört das Quietschen auf, und das Baby beginnt zu klagen. Es will die andere Brust. Immer wenn es müde ist oder hungrig oder eine saubere Windel braucht, murrt es. Weinen tut es kaum.

Mit einer unbeholfenen, akrobatischen Bewegung nimmt Catalina ihn hoch und wechselt die Position. Das Baby liegt nun auf der anderen Seite des Bettes und hängt an der anderen Brust. Sie ist wie eine Bärin mit ihrem Jungen.

Das Quietschen setzt wieder ein. Die Wände des Zimmers sind nackt, genau wie der Rest des Apartments. Eigentlich wollten wir unsere Möbel aus Mexico City mitbringen, aber dafür war keine Zeit. Wir wollten eine neue Heimat für unsere Palmen finden, aber das war nicht möglich. Am Tag unserer Abreise schleppten Catalina und ich sie in den Hof, in der Hoffnung, sie würden dort den Sommerregen abbekommen und überleben. Während der ersten Tage in Madrid, als wir mit der Wohnungssuche begonnen hatten, hatte man uns möblierte Wohnungen in schickeren Gegenden angeboten, aber die hatten wir alle abgelehnt. Die Vorstellung, die Möbel anderer Leute zu benutzen, war erniedrigend und deprimierend. Wir entschieden uns für das unmöblierte Apartment auf der Guz-

171

mán el Bueno im Argüelles-Viertel, im zweiten Stock eines grauen Gebäudes aus den mittleren Franco-Jahren.

Jemand von der mexikanischen Botschaft brachte Ikea ins Spiel. Bei unserem ersten Besuch kauften wir das Bett, die Wiege, Stühle, einen Tisch, ein Sofa, Besteck, Bettzeug. Es sah lustig und gemütlich aus. Es fühlte sich wie ein wiederentdecktes Zuhause an, ordentlich und sicher. Alles war so günstig, dass wir den halben Laden hätten kaufen können, weshalb wir bei unserem zweiten Besuch richtig durchdrehten und Kerzenständer erstanden, gerahmte Fotos von Skylines, Kissen, Kakteen, handgeflochtene Körbe, Stofftierschlangen. Im Apartment allerdings fühlten sich die Dinge billig und gebraucht an, wie bereits getragen. Gleich am nächsten Tag fuhren wir wieder hin und brachten fast alles zurück. Wir haben einen Fernseher, den wir bei El Corte Inglés gekauft haben. Wenn das Baby schläft und wir aufhören wollen, von Mexiko zu reden oder an meinen Vater zu denken, schalten wir ihn ein. Wir lachen darüber, wie die Leute hier im Fernsehen reden; alle klingen so vorlaut und aufgeblasen. In den Late-Night-Shows treten Leute auf, die sich vor der Kamera ausziehen oder sich gegenseitig mit Sätzen wie *Me cago en tus muertos* oder *Hostia puta* beleidigen, die auszusprechen sich bei uns zu Hause niemand trauen würde. Wir gucken viel Fernsehen, aber die Nachrichten schauen wir nicht.

Belisario beendet sein Frühstück. Catalinas Nippel hängt in der Luft, glänzend violett und mit Bläschen bedeckt, bis sie das T-Shirt herunterzieht und sich wieder ins Bett kuschelt. Ich lege das Baby zurück in die Wiege. Sein Blick folgt meinem, aber ich schaue ihm auf die Knie, die Zehen. Ich schalte das Mobile ein, das über seinem Kopf hängt, und eine Herde Plüschpferde jagt einander im Kreis.

Ich brauche Kaffee. Ich gehe in die Küche.

Im Wohnzimmer entdecke ich Zurbarán, über eine Lache gekrümmt, vermutlich ein Teil seines Mageninhalts, der sich übergibt. Unter Mühen bläht und verflacht sich sein Bauch, wie bei einem quiekenden Spielzeug. Die Pfütze ist fast so groß wie er selbst, grün und ekelhaft; kleine dunkelrote Klümpchen schweben auf der Oberfläche wie Inseln aus Blut in einem Meer aus Galle.

Er bemerkt mich und blinzelt; sein kleines Knöpfchen beginnt zu rotieren. Es ist ungefähr die Zeit, zu der ich mit ihm zu einem ersten Spaziergang aufbreche. Wir stromern mindestens drei Mal täglich durchs Viertel, an manchen Tagen sogar vier oder fünf Mal, besonders dann, wenn Catalina versucht, dafür zu sorgen, dass ich mit dem Baby allein bin. Zurbarán ist meine Ausrede.

Er ist eine Promenadenmischung, sieht aber, abgesehen von dem Schwanz und den gekrümmten Ohren, nicht so aus. Als er ein Welpe war, hielten ihn die Kinder zu Hause in der bewachten Wohnanlage fälschlicherweise für einen Deutschen Schäferhund – es war zum Totlachen, ihre entrüsteten Gesichter zu sehen, wenn ich ihnen auseinandersetzte, er sei nicht reinrassig, sondern bloß ein Streuner von der Straße.

Catalina hatte ihn eines Abends, als sie von der Arbeit nach Hause kam, gefunden, an der Ecke Reforma und Prado Sur. Er war noch ein Welpe, total verwurmt, sein

Körper so groß wie ein menschliches Herz. Irgendjemand hatte ihm mit einer Machete den Schwanz abgeschlagen, der Missetäter aber hatte einen Schwanzwirbel stehen lassen, eine leuchtend weiße Spitze, eingefasst von einem Kranz rubinroten Fleischs, auf dem irgendwann wieder Haut und Haare wuchsen und die er nun, wenn er ängstlich oder glücklich ist, wie eine einzelne Maraca hin- und herschwenkt. Er ist allerdings hauptsächlich ängstlich.

Er kotzt noch einmal. Es kommt noch mehr Blut. Gestern Abend war es ihm noch gut gegangen. Als wir ihm in Mexiko den Ausweis und die Impfunterlagen besorgten, hatte der Arzt gesagt, er sehe kerngesund aus. Er übergibt sich lautlos. Ich weiß nicht, ob es an dem Gestank nach Babyscheiße liegt oder woran sonst, aber das Erbrochene hat keinen besonders unangenehmen Geruch. Seine Vorderläufe zittern jedes Mal, wenn er vorwärts taumelt.

Ich will nicht, dass das die Realität ist. Ich muss aufwachen. Ich gehe in die Küche.

Die Größe des Apartments ist nicht schlecht, aber die Küche, fuck.

Unser begehbarer Schrank zu Hause war größer. Außerdem haben die Häuser in Mexiko separate Waschküchen. Nie würde man eine Waschmaschine in der Küche installieren. Die Immobilienmaklerin meinte, nach europäischen Mittelklasse-Standards sei es eine durchschnittliche Küche. Sie sagte das, als wäre es ein Highlight.

In der Kanne ist noch der Kaffee von gestern. Ich schenke mir eine Tasse ein und erhitze sie in der Mikrowelle. Der Geschmack ist billig und metallen.

In Mexiko mussten wir uns den Kaffee nie selbst kochen.

Ich gieße mir eine zweite Tasse ein und kehre ins Wohnzimmer zurück, erwarte, Zurbarán wie jeden Morgen hoch in die Luft springen zu sehen, bereit zum Gassi gehen, und dass die Pfütze weg ist.

Ich betrete das Wohnzimmer. Die Schweinerei ist noch da.

Zurbarán liegt daneben, Bauch, Hinterbeine und Pfoten von Erbrochenem vollgesogen, die Augen geschlossen. Ich gehe neben ihm in die Hocke, und er öffnet die Augen. Ich atme ein, aber der einzige Geruch, der zu mir durchdringt, ist der Duft des in der Mikrowelle erhitzten Kaffees.

In unserem Zimmer sind Catalina und das Baby jetzt wach, liegen im Bett. Die Luft ist stickig. Unten auf der Straße donnern Motorräder vorbei, eines nach dem anderen, und zwei Frauen streiten sich wegen jemandem, dessen Aufmerksamkeit sie beide wollen. Die Auseinandersetzung wird hitzig, aber das scheint weder Catalina noch das Baby zu stören. Es spielt mit den Spitzen ihres krausen, braunen Haars. Sie summt eine Melodie, die ich nicht erkenne. «Na du?», sagt sie lieb, wirft mir ein träges Lächeln zu. «Komm zu uns.»

«Irgendetwas stimmt mit Zurbarán nicht», sage ich. «Sieht aus, als hätte er sich die ganze Nacht übergeben.»

«Was?», fragt sie, während sie dem Baby über den Rücken streicht. Das Lächeln verschwindet.

«Da ist eine Kotzlache im Wohnzimmer. Es ist Blut darin.»

«O mein Gott.» Sie hält sich die Hand vor den Mund. «Wird er sterben?»

«Keine Ahnung. Ich kenne mich mit kranken Hunden nicht aus.»

«Was sollen wir tun, wenn er stirbt?», flüstert sie, so als wolle sie nicht, dass das Baby mithört. Ihr Gesicht wird weiß wie das Bettlaken.

«Ich weiß es nicht.» Meine Augen füllen sich mit Tränen. Catalina, das Baby und der Raum verschwimmen vor meinen Augen.

Das erste Paket traf sechs Wochen nach dem Verschwinden meines Vaters ein. Wir hatten bisher noch nichts von ihm gehört. Der Entführungsexperte riet uns, allesamt ins Haus meines Vaters zu ziehen. An einem Samstag Anfang Juli klingelte es um die Mittagszeit an der Tür. Ermelinda, eines der Hausmädchen, öffnete die Tür. Sie kam ins Wohnzimmer und meinte, ein FedEx-Mensch frage nach meinem Bruder. Victoriano ging hinaus und kam mit einem Paket zurück. Es war kein FedEx-Karton; es war ein ganz normaler Karton, wie man ihn umsonst im Supermarkt bekommt, provisorisch verklebt. Er sagte, er sei schwer und kalt. Alle im Wohnzimmer verstummten. Victoriano stellte ihn auf den Tisch, und wir gruppierten uns um ihn herum. Laut Paketschein war der Absender eine Alice, ohne Nachnamen. Alle im Haus spürten, dass das etwas mit meinem Vater zu tun hatte, weshalb auch die Hausmädchen und der Gärtner aus der Küche zu uns ins Wohnzimmer kamen, aber mein Bruder bat sie zu gehen. Auf dem Paketschein stand außerdem, es sei in Wunderland, Texas, aufgegeben worden. Der Entführungsexperte, Ramiro Alcázar war sein Name, öffnete seinen Laptop und googelte danach, konnte den Ort aber nicht finden. Catalina wurde schwindelig. Ich fragte, ob alles in Ordnung sei. Sie sagte, ja, alles in Ordnung, aber sie war bleich im Gesicht. Meine Schwestern überredeten sie, nach oben zu gehen. Die Geburt stand in wenigen Tagen bevor. Die Frauen in unseren Familien sahen sich immer ihren Bauch an und meinten, er sehe spitz aus. Wir würden ganz sicher einen Jungen bekommen. Wir hatten uns entschieden, es nicht wissen zu wollen. Ich wollte, dass es ein Mädchen wurde, aber das sagte ich niemandem. Die Vorstellung, einen Sohn zu haben, konnte ich nicht ertragen.

Auf dem Paketschein stand auch: «Dies ist das erste Geschenk.» Alcázar hob den Karton an, prüfte sein Gewicht. Er meinte, es sei besser, wenn er ihn allein öffnen würde, aber Victoriano und ich weigerten uns zu gehen. Er sagte, wir müssten den Inhalt betreffend auf alles gefasst sein, aber mein Bruder unterbrach ihn und brüllte: «Jetzt mach endlich das beschissene Paket auf!» Alcázar schlitzte den Deckel der Kiste mit einem Cutter auf und entnahm ihr einen mit Eis gefüllten Doppelverschluss-Gefrierbeutel. Er öffnete die Tüte und entdeckte darin einen zweiten Gefrierbeutel. Er öffnete auch diesen und fand darin den rechten Fuß meines Vaters.

Es ist gegen zehn, und wir sind auf dem Weg zum Tierarzt. Zurbarán hat sich nicht mehr übergeben, seit wir das Apartment verlassen haben. Er läuft langsamer als sonst und humpelt hin und wieder, aber er scheint sich genauso darüber zu freuen, draußen in der Sonne zu sein, wie immer. Ich weiß nicht, wie er das hinkriegt, diesen Enthusiasmus, hell strahlend und absurd.

Während wir laufen, werden die Gebäude um uns herum immer größer. Madrid ist ein Labyrinth aus Stein und Aluminium, tristen Fassaden und trockener, erstickender Luft. Eine städtische Trümmerwüste. Drei Uhr morgens zu Hause. In der Stadt herrscht mehr Leben wenn es dunkel ist, als wenn die Sonne durch den Smog zu brechen versucht. Tau und Stille bedecken Mexico City wie eine Decke, und ich bin hier, am anderen Ende des Planeten. Kaputte Ampellichter blinken vor sich hin, Deko-Versionen des mexikanischen Wappens prangen an jeder Ecke, grell leuchtend und bedeutungslos. Und irgendwo in den rauen Außenbezirken der Stadt oder im Herzen der Stadt wird womöglich jemand zu Brei geschlagen. Irgendwo, in dieser Stadt. Brutal und unmöglich loszulassen.

Der Tierarzt befindet sich an der Vallehermoso, bloß ein paar Blocks vom Apartment entfernt. Zurbarán und ich kommen hin und wieder hier vorbei, wenn ich mit ihm in Richtung Osten gehe, statt, wie gewöhnlich, nach Süden. Er nennt sich Anubis Clínica Veterinaria, eingekeilt zwischen einem Futon-Geschäft namens Cha Chi Nap und der Tintorería La Rosa de los Prodigios, einer Reinigung.

Catalina schiebt den Kinderwagen mit dem Baby. Es kaut an dem Sombrero des Stoff-Emiliano-Zapata, den meine ältere Schwester, Laura, ihm zum Abschied geschenkt hat. Ihren Sinn für Humor hat sie nach dem Verschwinden meines Vaters nicht verloren. Sie meinte, die Madrileños würden Belisario mit dem Spielzeug sehen und denken, wir seien eine Familie von Zapatistas, Exilanten der anderen Art. Niemand lachte.

Ich werfe einen Blick auf das Baby. Es ist entschlossen, das frevlerische Spielzeug in Stücke zu reißen. Plötzlich wünsche ich mir, ich hätte den Mut, es zu halten. Es in den Schlaf zu singen. In den Armen zu wiegen. Ihm ein Gefühl von Sicherheit zu geben.

Wir wollen gerade die Praxis betreten, als Catalina innehält und meint, wir müssten uns erst unterhalten.

«Gehen wir alle drei mit ihm da rein?», fragt sie.

Ich lege die Stirn in Falten. Ich weiß nicht, worauf sie hinauswill.

«Ich glaube kaum, dass eine Tierarztpraxis der gesündeste Ort für ein kleines Baby ist.»

«Nun», sage ich und schaue durch das Fenster hinein, «mir sieht das nach einem ziemlich hygienischen Ort aus. Wir sind hier in Europa. Ich wette, die europäischen Katzen und Hunde sind gesünder als wir drei zusammen.»

«Erinnerst du dich an den schönen Spielplatz, wo ich vor ein paar Tagen mit Belisario war?», fragt sie. «Er ist gleich um die Ecke. Warum wartest du dort nicht mit ihm auf mich und Zurby?»

Ich hasse es, wenn sie ihn Zurby nennt. Er ist ein Mischlingsköter mit einem abgehackten Schwanz, kein verdammter Pudel.

«Weiß nicht recht. Ich glaube, es ist besser, wenn ich

mich um den Hund kümmere. Was, wenn Belisario Hunger kriegt, und du bist nicht da?»

«Er hat getrunken, bevor wir hergekommen sind», sagt sie. «Ihm geht's gut. Ich kann mich um Zurby kümmern. Du gehst immer mit ihm raus. Jetzt kann ich ihn dir mal abnehmen.» Und sie fügt hinzu: «Außerdem wäre es toll, wenn ihr beiden Jungs mal ein bisschen Zeit zu zweit verbringen würdet, ohne Mommy.»

Ich starre sie an.

«Warum tust du das?»

«Was meinst du?»

«Du weißt, was ich meine.»

«Ach ja?»

«Ja, tust du.»

Sie seufzt und kratzt sich an der Nasenspitze. Das Baby macht weiter gurgelnde Laute; er schüttelt Zapata jetzt, als wolle er ihn auseinanderreißen.

«Lass uns nicht hier und jetzt darüber reden, okay?»

«Du hast damit angefangen, nicht ich.»

«Womit habe ich angefangen?»

«Das weißt du genau. Tu nicht so, als ob's nicht so wär.»

Wir schauen einander an. Ich habe Angst, ich könnte gleich hier eine Panikattacke haben. Meine Augen werden feucht. Ihre auch.

Nachdem das zweite Paket eingetroffen war, riet uns Alcázar, ins Ausland zu gehen; er sagte, in Mexiko könne niemand mehr für unsere Sicherheit garantieren. Victoriano wies alle Familienmitglieder an, so schnell wie möglich zu verschwinden. Wir zogen nach Madrid, weil Catalina und das Baby schnell an spanische Pässe gelangen konnten. Während des Bürgerkriegs waren ihre Großeltern aus Toledo geflohen und in Mexico City gelandet. Als Franco starb und die Diktatur endete, war es für eine Rückkehr zu spät.

Als wir in Barajas landeten, wartete niemand auf uns.

Laura und ihre Familie zogen nach Austin; Carolina und ihre Familie nach Palo Alto; Daniela und ihre nach Stanford. Victoriano ist der Einzige, der noch in Mexiko ist, und kümmert sich um alles, was wir zurückgelassen haben, bis auch er wegkann.

Hier kennen wir niemanden.

«Du weißt, ich liebe dich», murmelt Catalina. Ihr Gesicht ist gerötet, die Augen geschwollen. Der Hund macht neben den Rädern des Kinderwagens ein Schläfchen. Schweißperlen bilden sich unter meinen Achseln, auf meiner Brust, an den Schläfen. «Aber du kannst so nicht weitermachen», fügt sie hinzu. «Du musst dich um ihn kümmern. Er braucht dich.»

Es wird von Minute zu Minute heißer. Die Luft fühlt sich körnig und narkotisch an, der Gehsteig unter meinen Füßen klebrig. Der honigartige Geruch der Maulbeerfeigenbäume – sie begrünen Madrids nüchterne Straßen –, den ich noch nie zuvor gerochen hatte, entwickelt etwas Muffiges in meiner Nase.

«Ich kümmere mich um Zurbarán», ist alles, was ich sage. Sie widerspricht nicht. Sie schaut nach Belisario, der das Spielzeug zur Seite geworfen hat und nun seine Finger mit dem Mund erkundet. Ich schaue nach dem Hund, dessen rubinrote Zunge ihm aus dem Maul baumelt.

«Wir sind dann auf dem Spielplatz», sagt sie leise. «Hol uns dort ab, wenn du fertig bist.»

Ich will ihr sagen, dass ich sie liebe. Dass es mir leidtut, dass wir wegen meiner Familie diesen Scheiß durchmachen müssen. Sie und Belisario und Zurbarán packen und ein Taxi nach Barajas nehmen und uns Flugtickets zurück nach Mexiko besorgen und auf alles sonst scheißen, aber ich nicke bloß.

Ich ziehe vorsichtig an Zurbaráns Leine, und wir betreten die Tierarztpraxis.

Der Geruch.

Es riecht nach Hundenahrung und Vogelfutter und Desinfektionsmittel. Die Klimaanlage muss kaputt sein; es ist hier drin beinahe so heiß wie draußen auf der Straße. Schrilles Bellen, das Geräusch laufenden Wassers und das gedämpfte Plaudern weiblicher Stimmen kommen aus dem hinteren Teil der Praxis. Die Decke ist zu niedrig; die Neonröhren leuchten bläulich grell, unerträglich.

Eine junge Tierarzthelferin mit Piercings und leuchtend grünen Haaren nimmt unsere Daten auf. Sie ist winzig wie ein Kolibri. Es ist schwer zu glauben, dass sie irgendeiner Kreatur das Leben retten könnte, aber sie wendet sich mit Resolutheit dem Hund zu. Geht neben ihm in die Hocke und tätschelt ihn.

«Du bist ja mal ein Hübscher», sagt sie. Zurbarán wedelt mit dem ganzen Körper. Immer wenn ihn Begeisterung erfasst, sieht er aus, als tanze er Salsa. Die Tierarzthelferin lacht schallend und streichelt ihn erneut, spielt mit seinen krummen Ohren. «Was ist mit seinen Pfoten?», fragt sie.

«Oh, gar nichts», sage ich, von der Frage überrascht. «Ich bin mit ihm hier, weil er sich die ganze Nacht über erbrochen hat.»

«Verstehe», sagt sie, wobei sich der fröhliche Ton in ihrer Stimme allmählich verliert. «Aber er hat auch was mit den Pfoten, oder nicht?»

«Was meinen Sie?»

Sie nimmt eine der Vorderpfoten des Hundes und faltet sie vorsichtig auseinander, damit ich es sehen kann. Zurbarán jault kurz auf. Die Helferin starrt mich an. Weder charmant noch niedlich jetzt. Ich senke den Blick, hinab zum weiß gefliesten, fleckigen Boden und blinzele. Blinzele.

«Sehen Sie diese Pfote?», erkundigt sie sich streng. «Sagen Sie mir nicht, das wäre Ihnen nicht aufgefallen.»

Der Ballen der Pfote ist voller Blasen und blutet, sondert eine gelbliche Flüssigkeit ab, gemischt mit Blut. Mit kurzen Gurr-Geräuschen beruhigt sie Zurbarán, während sie die anderen Pfoten überprüft. Alle sehen genauso aus. Ich weiß nicht, was ich sagen soll. Sie steht auf und nimmt mir Zurbaráns Leine aus der Hand.

«Wie heißt er?», fragt sie. Ich sage es ihr. Sie reagiert nicht. Sagt nicht: «Was für ein origineller Name» oder «Cool!», die Dinge, die ich sonst zu hören bekommen habe, wenn ich ihn zu Hause Leuten vorgestellt habe. Sie weist mich an, Platz zu nehmen, und überredet Zurbarán, mit ihr mitzukommen.

Ich sehe zu, wie die Tierarzthelferin und mein Hund sich durch einen Korridor entfernen, der mit Tierpostern und einem Poster von Victoria Abril dekoriert ist. Sie trägt ihr Filmkostüm aus *Kika*, tätschelt einen Ara, und darunter steht der Satz: «Tropische Vögel gehören in die Wildnis!»

Ich bin allein im Wartebereich. Die Stille schwillt schmerzvoll an in meinen Ohren.

Wir waren nicht bei der Familie, als das zweite Paket eintraf. Nachdem das Baby geboren war, riet uns Alcázar, ins Wochenendhaus der Familie in San Miguel de Allende zu gehen. Wir könnten dort besser entspannen, sagte er. Ein paar Wochen später rief Victoriano eines Abends an. Eva, unser Hausmädchen, ging ans Telefon und sagte, wir seien damit beschäftigt, Belisario zu baden. Catalina tat das. Ich war im Schlafzimmer und baute einen Laufstall zusammen, den wir ein paar Tage zuvor geschenkt bekommen hatten. Während ich die Anleitung las, hörte ich meine Frau im Badezimmer sagen: «Wer ist mein kleines Murmeltier?» Der Geruch von Babyshampoo drang mir in die Nase, und ich stellte mir Belisario über und über von Schaum bedeckt vor. Ich stellte mir vor, wir seien weit weg, an einem Ort, wo das Kind gerade erst geboren worden war und sich ansonsten nichts verändert hatte. Beinahe hätte ich mich dazu bewegen können, zu Catalina ins Badezimmer zu gehen und unseren Sohn gemeinsam zu baden. Es war ein linder Moment des Lichts, ein Abdriften in Glückseligkeit.

Eva klopfte an die Tür. Ich sagte, wir seien beschäftigt,

und sie entgegnete, mein Bruder sei am Telefon. Es sei ein Notfall.

«Das war's, Martín», sagte Victoriano.

«Was ist passiert?»

«Ihr drei müsst sofort zurückkommen. Ich glaube, das war's jetzt, verdammte Scheiße.»

«Beruhige dich.» Ich hörte, wie meine eigene Stimme zitterte. «Sag mir, was passiert ist.»

Er atmete schwer in den Hörer, so als habe er meine Frage nicht gehört. Ich hatte Victoriano noch nie in solch einem Zustand erlebt. Er ist der älteste Sohn. Dads Goldjunge. Alles, was Victoriano tat, war in seinen Augen immer so verdammt bewunderungswürdig. Immer nicht zu schlagen. Aber an diesem Abend war er zerbrechlich und ängstlich wie eine Wasserjungfer.

Er konnte zunächst nicht weitersprechen. Er brach am Telefon zusammen. Mein Herz fing an zu pochen. Es war voller Vorahnungen und Entsetzen.

«Es ist ein weiteres Paket angekommen», stammelte er nach einer Weile.

«Was war drin?», fragte ich, während mein Gehirn aussetzte und meine Gliedmaßen taub wurden.

«Ich kann das nicht am Telefon sagen. Kommt so schnell wie möglich zurück; wir reden hier.»

«Sag mir, was in dem Paket war», insistierte ich.

Im Badezimmer lobte Catalina das kleine Murmeltier dafür, so toll mitzumachen. Draußen regnete es. Ich fragte mich, ob es in Mexico City auch regnete. Ich fragte mich, welche Größe das neue Paket wohl hatte.

«War es ein Ohr?», hörte ich mich fragen.

Victoriano schluchzte weiter, nicht in der Lage zu antworten. Etwas hatte sich zwischen uns verändert. Ich war innerlich so ruhig, dass es mich verblüffte. Betrunken von einem Gefühl, das mir vollkommen neu war.

«Sag mir, was in dem Paket war.»

«Wirst du es Catalina sagen?», sagte er schließlich.

«Was zum Henker interessiert es dich, ob ich das tue? War es eine Hand, sein Kopf?»

«Halt verdammt noch mal die Fresse. Bitte», flehte er.

Als wir noch jung waren, war ich einmal in Victorianos Zimmer gekommen und hatte ihn dort mit einem Schulfreund angetroffen, mit dem er sich gemeinsam einen runterholte. Ich kapierte nicht, was sie da taten, aber ihre erschrockenen Gesichter signalisierten, dass es etwas von gewisser Bedeutsamkeit war. Ich schloss die Tür und rannte in den Hof, wo ich mich versteckte, bis uns das Dienstmädchen zum Abendessen rief. Später am Abend kam Victoriano in mein Zimmer. Er trat neben das Bett und gelobte, sollte ich jemals irgendjemandem davon erzählen, was ich gesehen hatte, er würde mich eigenhändig umbringen. Ich war vier oder fünf; er war bereits ein Teenager.

«Was war in dem Paket?»

Ich konnte hören, wie Catalina im Badezimmer Belisario aus der Wanne nahm. «Na, schau mal einer an! Mein kleines Murmeltier hat sich in ein Häschen verwandelt!», rief sie. Ich stellte mir vor, wie er sie anlächelte.

«Es war der andere Fuß, stimmt's?»

Victoriano sagte nichts; er schluchzte weiter wie das verängstigte Kind, das er nie gewesen war. Sekunden verstrichen. Ich versuchte, mir meinen Vater vorzustellen, was mir nicht gelang. Ich versuchte, mir Victoriano am anderen Ende der Leitung vorzustellen. Das Bild gab mir das Gefühl, sehr weit von ihm entfernt zu sein.

«Tut mir leid», sagte ich schließlich. Meine Stimme war jetzt genauso zittrig wie seine. Hier waren wir, zwei kleine Memmen am jeweiligen Ende der Leitung. Mein Vater hätte sich geschämt.

«Ich habe solche Angst», murmelte er. «Ich weiß nicht, was ich tun soll.»

Ich wollte ihm sagen, ich wüsste genau, wie er sich fühle, aber ich tat es nicht.

Stunden später fragt mich ein junger Arzt mit einem kräftigen Schnauzer und sorgenvollem Blick, ob ich der Besitzer des mexikanischen Hundes sei. Das sei ich, sage ich. Er stellt sich als Dr. Ybarra vor. Er bittet mich, ihm in sein Büro zu folgen. Er sagt, wir müssten uns unterhalten.

Es ist nach zwei. Es beginnt zu dämmern, dort, wo ich hingehöre. Die Nacht ist zu Asche geworden, über das Firmament verstreut, schließlich dem Tageslicht gewichen. Die Stadt erwacht und ist doch tot.

Auf dem Rückweg vom Tierarzt schließen Geschäfte und Büros in Vorbereitung der Mittagspause ihre Türen, während wir vorübergehen. Lediglich Bars und Restaurants bleiben geöffnet. Madrileños strömen in Massen hinein, als servierten sie dort Erlösung.

Die Sonne steht hoch am Himmel, weiß und unerbittlich. Überall auf der Welt sterben die Menschen zu Tausenden. Ich bin noch immer am Leben. Warum.

Zurbaráns Pfoten sind in Bandagen gewickelt, seine Füße sehen aus wie die einer Ballerina, aber er humpelt nicht mehr. Er ist ein Wunder der Natur, eine Halluzination, ein Geist. Wie wir alle in gewissem Maße.

Wir haben es bloß noch nicht bemerkt. Wir haben uns noch nicht zersetzt.

Ich berichtete Catalina nicht, was der Tierarzt gesagt hat; Zurbarán sieht nicht mehr so krank aus. Als wir die beiden beim Spielplatz abholten, stellte sie mir keine Fragen. So als wäre ich nur kurz mit Zurbarán um den Block gegangen und zurückgekommen. Auf dem Nachhauseweg weist sie mich auf Dinge hin, die sie auf der Straße überraschen, das Wort *béigol* auf einem Schild, ein weißes, seidenes Hemd in einem Schaufenster, das Fehlen von an Masten herabhängenden Stromkabeln. Entweder macht sie mir etwas vor, spart sich ihren Ärger auf, bis wir wieder im Apartment sind, oder sie lässt es auf sich beruhen.

«Na, sieh mal einer an, Mr Pickle!», sagt der Pförtner, als er uns am Eingang zu unserem Haus begrüßt und Belisario im Kinderwagen entdeckt, schlafend. «Träumt munter vor sich hin!»

Sein Name ist Antonio, und er lebt mit seiner Familie im obersten Stockwerk des Gebäudes. Er stottert hin und wieder und spricht, weil er aus dem Süden stammt, sehr schnell. Manchmal verstehe ich nur die Hälfte von dem, was er sagt. Er ist um die fünfzig, und seine Gesichtshaut sieht verbrannt aus, nachdem er einen einmonatigen Urlaub am Strand verbracht hat.

Mr Pickle ist ein dämlicher Name für ein Baby, aber ich beschwere mich nicht.

«Ich habe drei Jungs, und sie kommen alle nach der Mutter!» Er bricht in Gelächter aus. «Aber schau sich einer den an, ganz der Daddy, oder?» Unter Mühen bringe ich ein Grinsen zustande und schaue Belisario an. Mein Blick ruht auf seinen herunterhängenden, geröteten, schwitzigen Ohrläppchen. Dorthin schaue ich in der Öffentlichkeit, damit die Leute nicht denken, ich miede ihn.

«In der Tat, oder?», gluckse ich, Hände in den Taschen. Es hört sich gekünstelt an, aber so gut kennt er mich nicht. Catalina schon, und ich spüre, wie sie mich anstarrt, verurteilt.

Antonio bemerkt Zurbaráns Bandagen. Er erkundigt sich, was passiert sei. Seine Wissbegierde löst in mir nostalgische Gefühle aus, lässt mich an die Unterstützung denken, die wir daheim immer hatten. Ein Krankenwagen rast vorbei. Madrid gibt einfach keine Ruhe.

«Ach ja, nun», sage ich wegwerfend, «offenbar hat er gewisse Schwierigkeiten, sich an die spanische Hitze zu gewöhnen. Seine Pfoten sind etwas wund, das ist alles.»

Zurbarán verschnauft in Nähe der Tür, im Schatten. Er hat nicht einmal versucht, sich aus den Bandagen zu winden. Antonio tätschelt ihn, spielt mit seinen Ohren. Wäre ich ein Hund, würde mich so viel Liebkoserei krank machen, aber ihm scheint es zu gefallen.

«Es ist immer schwierig, sich an einen neuen Ort zu gewöhnen», sagt Antonio und legt mir die Hand auf die Schulter, drückt leicht zu. «Ich weiß, was ihr durchmacht. Auch ich war einmal ein Immigrant. Hab ich euch schon die Geschichte meiner Familie erzählt?»

Hat er, gleich bei der ersten Begegnung, als ihm unser fremder Akzent aufgefallen war und er sich erkundigt hatte, woher wir seien, aber er erzählt sie trotzdem noch mal.

«Ich war acht, als wir Málaga verließen; Dad verdiente einfach nicht genug. Wir landeten in Paris; meine Eltern fanden Arbeit, sie kümmerten sich um ein Apartmentgebäude auf der Île de Saint-Louis. Vater, Mutter, Carmen, meine Schwester, Paquito, mein Bruder, und ich, der Älteste, wohnten im Keller. Es war ein majestätisches Gebäude aus dem 17. Jahrhundert, das Schönste, was ich je gesehen hatte. Aber der Ort, wo wir wohnten, o Gott. Es war ein verrußter Raum gleich neben dem Hauptschornstein. Im Winter machte der Geruch von verbranntem Feuerholz einem das Atmen schwer, und im Sommer stank alles nach Brackwasser, die Luft schmeckte nach faulen Eiern. Der Raum war so klein, dass wir lediglich Platz hatten für einen kleinen Tisch, um den wir uns zu jeder Mahlzeit drängten, und ein großes Bett, in das wir uns alle zum Schlafen hineinquetschten. Wir hatten die Heimat für die feinste Gegend in der schönsten Stadt der Welt aufgegeben, aber wir lebten wie Kriegsflüchtlinge.»

Antonio hält noch immer meine Schulter gepackt, seine Augen sind voller Gefühle, tief blau und umflort, und ich kann sehen, dass er tatsächlich glaubt, wir seien einander gleich. Ich will ihn fragen, ob die Geschichte ein fröhliches Ende hat, ihn bitten, mir von dem Morgen zu erzählen, an dem er aufwachte, in der Nase den beißenden Geruch fauler Eier, und Paris sich zu guter Letzt doch anfühlte wie Heimat. Ich wollte, dass er sagte, dass jede Geschichte über Menschen, die gezwungen worden sind, den Ort zu verlassen, an den sie meinten für immer hinzugehören, auf diese Weise endet, mit etwas Versöhnlichem, aber aus meinem Mund kommt kein Ton.

«Wir sollten jetzt raufgehen», entfährt es Catalina. «Es wird spät, und ich bin sicher, Belisario wird jeden Augenblick hungrig aufwachen.» Sie sieht genauso bewegt aus wie Antonio, wischt sich mit dem Handrücken die Tränen fort.

«Na k-klar», stottert Antonio. Es klingt entschuldigend. Sollte er rot werden, kann ich das nicht erkennen, weil seine Haut bereits so rot aussieht.

Wir verabschieden uns und betreten die Lobby. Als wir den Fahrstuhl erreichen, weigert sich Zurbarán einzusteigen, zieht Richtung Treppenhaus. Er sollte jetzt eigentlich müde sein, aber er will noch einmal rausgehen, und die Aussicht darauf, mit Catalina im Apartment zu sein, während das Baby schläft, macht mir Angst. Ich trete wieder aus dem Fahrstuhl heraus.

«Sieht so aus, als wolle er noch ein bisschen laufen.»

«Seine Pfoten sind total kaputt, Martín», sagt sie. Es ist

nie gut, wenn sie meinen Namen sagt. «Er muss sich ausruhen.»

«Sehe ich auch so, aber er scheint anderer Auffassung zu sein. Ich geh dann vielleicht nur eine letzte schnelle Runde und bin gleich zurück.»

Aus dem Kinderwagen kommt Jammern. Belisario streckt seine Arme, dann die Beine. Er wacht auf.

«Wie auch immer», faucht sie. «Ich hoffe, du weißt, was du tust, weil du hier einfach zu beschissen viel aufs Spiel setzt, verstehst du? Zu beschissen viel.»

Sie drückt einen Knopf, und die Türen schließen sich langsam. Ich versuche, mich an das letzte Mal zu erinnern, als es keine Spannungen zwischen uns gab, und das fällt mir ziemlich schwer. Womöglich war das, als es nur uns beide gab, nichts, niemanden sonst.

Während Zurbarán und ich in westlicher Richtung die leere Straße entlanglaufen, stelle ich sie mir alleine im Apartment vor, wie sie das Baby füttert, sich überlegt, was sie zum Mittagessen machen könnte. Ich stelle mir vor, wie sie eine Tüte mit vorgewaschenem Salat aufschlitzt und ihn in einer Schüssel mit Vinaigrette vermengt, während sie über mich nachdenkt, sich vorstellt, wie ich mit meinem kranken Hund und einem Lächeln im Gesicht um den Block laufe, und denkt: Was für ein Arschloch. Was für ein mieser Ehemann und lächerlicher Vater. Wie kindisch, wie nutzlos und feige. Ich stelle mir vor, wie sie sich fragt, warum sie überhaupt noch mit mir zusammen sei, was sie davon abhalte, zu gehen, jemand anderen kennenzulernen, einen richtigen Mann. Jemanden wie meinen Vater.

Wir erreichen das Ende des Gaztambide-Viertels, und vor uns erhebt sich ein weißes, mit Stuck verziertes Gebäude. Jedes Stockwerk verfügt über Balkone, opulent und vollgestellt mit grünen Tontöpfen, die vor Geranienblüten nur so strotzen, so rot, als pulse Blut durch sie hindurch. Im Erdgeschoss befindet sich eine Tagespflege für Erwachsene, und neben dem Eingang hängt eine Plakette an der Wand, auf der Casa de las Flores steht. Außerdem wird erklärt, dass das Gebäude in den Dreißigern erbaut und im Bürgerkrieg beinahe zerstört worden sei. Irgendwann während des Krieges habe der chilenische Dichter Pablo Neruda hier gelebt.

Ich versuche, mich an eines von Nerudas Gedichten zu erinnern, und stelle fest, dass das Einzige, was ich über ihn weiß, sein Name ist.

Davor steht eine Bank, und die steuere ich an, erschöpft wie ich mich fühle. Es ist so verdammt heiß. Die Gebäude um mich herum brutzeln und pochen.

Zurbarán rollt sich im Schatten der Bank zusammen und versinkt in ein Schläfchen. Er sieht jetzt unheimlich alt aus, verwittert. Ich wünschte, ich könnte seine Schmerzen lindern und ihn am Leben halten. Dr. Ybarra hatte vorgeschlagen, ihn einzuschläfern. Ich konnte das nicht übers Herz bringen. Ich will, dass er so lange lebt wie möglich. Ich will nicht allein sein.

Ein weißes Lincoln Town Car zischt vorbei und verschwindet um die Ecke, und ich bekomme Gänsehaut. Es ist das erste Mal, dass ich ein solches Auto hier sehe. Das letzte Auto, das mein Vater hatte. Es war das Auto, das er an dem Tag gefahren hat, als er verschwand.

Ich schaue nach Zurbarán. «Bist du noch da?», flüstere ich ihm ins Ohr. «Ich wünschte, ich könnte dich noch mehr lieben oder besser», sage ich. Seine Augen bleiben geschlossen.

Ich halte mir die Hand vor den Mund und schluchze wie der Waisenjunge, zu dem ich geworden bin. Ich schluchze so intensiv, dass es sich anfühlt, als würden meine Lungen explodieren.

Ein paar Minuten später höre ich das Geräusch bremsender Reifen auf dem Asphalt. Ich öffne die Augen, nehme die Schmerzen in Kauf, die mir das Tageslicht zufügt, und der Lincoln steht direkt vor mir, blockiert die Stelle, die eigentlich Krankenwagen vorbehalten ist. Die Fahrertür schwingt auf, und Dad steigt aus dem Wagen, strahlt mich breit grinsend an.

«Bin ich froh, dass ich um diese Uhrzeit gekommen bin», sagt er spitzbübisch, während er sich mir nähert, mit einem komischen Gang. «Herrgott noch mal! Ist das schwierig in dieser Stadt einen Parkplatz zu finden!»

Er trägt Jeans und ein himmelblaues Polohemd; sein grau meliertes Haar ist perfekt gekämmt, glänzt grell in der reuelosen Sonne. Zurbarán erhebt sich und fängt an, an Dads Beinen und den für ihn ungewöhnlichen Turnschuhen zu schnuppern, die er trägt.

Dad sieht durchtrainiert und entspannt aus, so als habe er endlich das Schlafdefizit aufgeholt, unter dem er gelitten hatte. Er streichelt den Hund, spielt mit seinen Ohren. Zurbarán reagiert freudig und versucht, ihm die Hände zu lecken, aber mein Vater weicht zurück.

Er steht mit ausgebreiteten Armen vor mir, wie ein Habicht, der am Himmel gleitet. Ich bin wie auf der Bank festgeklebt. Kann mich nicht bewegen.

«Willst du deinen Vater denn nicht umarmen?» Grübchen in den Wangen. Seine Gegenwart ist strahlend und überwältigend.

Ich schaue mich auf der Straße um; es ist niemand da.

«Er hat meine Augen», sage ich, reiße mich zusammen, «und meine Nase und Augenbrauen und alles, aber die Grübchen kommen von dir. War mir noch gar nicht aufgefallen.»

«Also keine Umarmung, was?», antwortet Dad. Er senkt die Arme und kratzt sich ein paar Mal im Nacken, die Geste, die er macht, wenn ihn etwas ärgert. Er humpelt zur Bank und setzt sich neben mich. Ein elektrischer Schock fährt mir die Wirbelsäule hinab. Er atmet tief und schaut sich um, lässt die Umgebung auf sich wirken. Er streckt die Arme aus und legt sie auf die Rücklehne. Diskret rutsche ich etwas beiseite, habe Angst, dass, sollte er mich berühren, ich nichts spüre.

«Ich verstehe, wenn du mich nicht umarmen willst», sagt er. Seine Augen bleiben dieselben, wirken jetzt aber durchsichtig. Sie sehen weder müde noch wütend noch traurig aus. Sie ruhen einfach auf mir, schließen mich ein. «Wir können es ja später noch einmal versuchen, oder?»

Seine Stimme klingt exakt wie immer, bloß ruhiger, so als müsse er nun niemandem mehr eine Meinung aufzwingen. Er lässt den Blick über die Straße schweifen, wendet sich dann mir zu und lächelt mich erneut an. Lächelt, als wäre er sich dessen nicht bewusst, was ihm widerfahren ist, uns.

«Du siehst so gut aus, mein Sohn», sagt er. «Hab ich dir je gesagt, dass …»

«Deine Füße», falle ich ihm ins Wort.

«Ach ja», sagt er und sieht sich die Puma-Schuhe eingehend an, die er trägt. Sie sind apfelgrün mit leuchtend gelben Streifen, unerträglich exzentrisch. «Was ist damit?»

«Du hast Füße. Wieder, meine ich.»

«Ja, na ja», sagt er. Er beugt sich vor und wischt mit den Fingerspitzen kurz über die Schuhe, sieht dabei aus, als sei ihm unwohl. «Das sind, nun ja, nicht wirklich meine Füße, weißt du. Ich meine, guck dir diese Turnschuhe an, die Farben, die …»

«Wessen Füße sind es?»

Er räuspert sich, und mein Magen verkrampft sich, weil alles dermaßen real aussieht und wirkt, seine Stimme, seine Gesten, seine Anwesenheit, die mich stets beruhigt hatte, trotz allem. «Ehrlich gesagt, ich bin mir nicht sicher. Ich hab sie vom Flohmarkt, und mir war lieber, nicht alles über den Vorbesitzer zu erfahren, wenn du verstehst, was ich meine.»

«Sie sehen zu klein aus für dich.»

«Absolut!» Er klingt erleichtert, sodass ich nicht weiter nachhake.

«Ist aber ein lustiges Gefühl, darin zu laufen. Jetzt weiß ich, wie das für diese armen chinesischen Mädchen gewesen sein muss, weißt du.»

«Du fehlst mir», höre ich mich sagen.

«Ich weiß», sagt er und lächelt wieder und verfällt dann in Schweigen, mustert mich einfach weiterhin. «Du fehlst mir auch. Aber du kommst schon klar. Wir werden alle klarkommen, mein Sohn. Ich bin so stolz auf dich.»

«Das hättest du mir ruhig mal früher sagen können», sage ich und bereue es gleich wieder.

«Du bist jetzt selbst ein Vater», flüstert er. «Du wirst selbst merken, dass wir, die Väter, nur Schwachsinn erzählen.»

«Er hat mein Gesicht. Er ist genau wie ich. Ich habe Angst, Dad.»

«Ich hatte auch Angst, als du geboren wurdest. Du wirst das schaffen.»

Wir unterhalten uns eine Weile. Er erkundigt sich, wie es so ist, in Madrid zu leben. Ob ich vorhabe, mir einen Job zu suchen oder eine Firma zu gründen. Er sagt, ein Mann müsse zu tun haben, sagt, das sei die Art und Weise, wie er sich die Liebe und den Respekt der Familie erwerbe, und erwähnt eine Reihe von Namen von Leuten in Spanien, die mir helfen könnten.

Er sagt nichts darüber, wie er verschwunden ist, was dann mit ihm geschah, wer ihm was antat, und ich frage auch nicht danach. Ich will es nicht wissen. Es spielt keine Rolle mehr.

Jemand auf einem der Balkone über uns öffnet ein Fenster, und die Geräusche einer Spielshow stören die Ruhe. In der Ferne heult eine Sirene. Madrid erwacht wieder zum Leben.

«Sieht so aus, als ob jemand den Parkplatz gebrauchen

197

könnte», sagt Dad. «Ich mach mich mal besser auf den Weg; ich will keinen Ärger bekommen. Es ist schwierig, die Bullen hier zu bestechen, weißt du.»

«Ich wünschte, du würdest noch bleiben.»

«Ich auch», sagt er, während er aufsteht und sich das Polohemd in die Hose steckt. «Aber bevor ich gehe, muss ich dir noch etwas anderes sagen.»

«Was denn?»

«Ich weiß, was mit deinem Hund los ist.»

Ich traue meine Ohren kaum.

«Was ist denn mit meinem Hund los, Dad?», sage ich und kann mir ein Lächeln nicht verkneifen.

«Seine Füße.»

«Was ist mit ihnen?»

«Er ist die ganze Zeit barfuß herumgelaufen.»

«Er ist ein Hund, Dad.»

«Ich kann kaum glauben, dass ich dir das nie erklärt habe.»

«Was denn?»

«Dass Hunde nicht barfuß herumlaufen sollen. Barfuß-hunde sterben immer jung.»

Ich weiß nicht, was ich sagen soll. Dad hockt sich hin und streichelt Zurbarán, aber der bewegt sich nicht. Er schläft weiter, träumt munter vor sich hin.

«Wenn du dafür sorgst, dass er Schuhe kriegt, wird er keine Probleme mehr haben», sagt er und erhebt sich wieder.

«Der Tierarzt meinte, er habe Magenkrebs, dessen Metastasen sich schon überallhin ausgebreitet hätten.»

«Schwachsinn. Er kommt durch.»

Ich will ihm sagen, dass ich keine Ahnung habe, wovon er redet, aber ich will ihn nicht enttäuschen.

«Alles klar. Ich werde ihm Schuhe besorgen», ist alles, was ich sage. «Danke für den Ratschlag, Dad.»

«Immer gern, mein Sohn», sagt er und wirft mir einen beteuernden Blick zu. «Okay. Ich muss jetzt los.»

Dad breitet die Arme aus, und ich erhebe mich, zittere. Er ist der, der auf mich zukommt. Sein Körper fühlt sich schwerelos an, wie aus Kork, das Gewebe seines Polohemds unheimlich und spröde, und als wir uns dann in den Armen liegen, will ich ihn nicht mehr loslassen und tue es auch nicht. Wir verharren so, in der sengenden Hitze, Tausende von Kilometern von zu Hause entfernt, bis der Duft nach gerösteten Erdnüssen und Schimmel, den seine Haut verströmt, verfliegt, bis er verschwunden ist.

Danksagungen

Derart viele Menschen haben mich während der letzten acht Jahre unterstützt, ermutigt und beraten, dass die Liste beinahe lächerlich lang ist. Würde ich in allen Fällen detailliert die Gründe meiner Dankbarkeit darlegen, würde dieser Abschnitt länger geraten als das Buch selbst.

Maria Hummel hat mich in der englischen Sprache willkommen geheißen und mich ermutigt, sie zu meiner eigenen zu machen. Sie war die Erste, die daran geglaubt hat, dass ich das hinkriege.

Oscar Cásares und Elizabeth McCracken haben sich meiner Arbeit angenommen und sich unermüdlich für mich eingesetzt – tun sie immer noch. Als ich an der ersten Fassung saß, half Elizabeth mit weisen Ratschlägen und nimmt im Austausch dafür weiterhin gern meine Umarmungen an. Oscar hat mich als Freund und Mentor reich beschenkt und lässt nie ein Mittagessen bei Madam Mam's aus.

Edward Carey haben die vorliegenden Erzählungen gepackt, und er hat mir geholfen, an sie zu glauben.

Dawn Garcia führte das Telefonat, das mein Leben verändern sollte. Sie und Jim Bettinger von der Knight Foundation haben dafür gesorgt, dass mein Traum Wirklichkeit wurde. Ana Christina Enríquez und Gabo Rodríguez-Nava haben mir geholfen, es so weit zu bringen – bis hierher. Das alles ist im Wesentlichen ihre Schuld.

Sammie Sachs, Cecilia Yang, Jaslyn Law, Geri Smith, Erika Harrell, Katie Turner, Becca Tisdale, Nicole Chorney, Annika Ozinskas, Mia Arreola, Katherine Bell, Michelle Odemwingie, Chelsea Young und Lisa Ruskin haben meine ersten englischen Texte gelesen und mich ermutigt, weiterzumachen. Ohne ihren frühzeitigen Zuspruch hätte ich aufgegeben.

Janine Zacharia und Dionne Bunsha haben geduldig meine frühen, noch ziemlich kruden Sätze korrigiert und nie aufgehört, mich anzufeuern und zum Lachen zu bringen.

Michael Collier hat mir im Rahmen der Bread Loaf Conference zum ersten Mal die Möglichkeit zum Schreiben gegeben. Wayne Lesser hat mich für ein Stipendium an der UT nominiert. John Pipkin hat meine Abschlussarbeit mit einem Preis ausgezeichnet. Rebeca Romero hat mich als Chefin vier Jahre lang unterstützt und mir zahllose lustige Screenshots geschickt.

Adam Johnson, Tom Kealey, Ted Conover, Jane Brox, Pete LaSalle, Thomas Cable, Jim Magnuson, Don Graham, Lisa Moore, Stephen Harrigan, Jake Silverstein und Brigit Pegeen Kelly haben mich gelehrt, wie man es macht. Norren Cargill, Amy Stewart, Patricia Schaub, Marla Akin, Gwen Barton und Melissa Kahn haben mir die Arbeit ungemein erleichtert.

Cecily Sailer vom Badgerdog-Programm hat mir als Erste die Chance gegeben zu unterrichten. Carmen Johnson und Paul Lisicky haben Ja gesagt, als alle anderen sonst Nein sagten. Honor Jones, Clay Smith und Michael Bourne haben mir großzügigerweise die Tür zu ihren Publikationen geöffnet.

Michael Adams hat mich am Telefon zum Heulen gebracht. Er und Dorothea waren für meine Familie und mich da und haben uns mit ihrer Freundschaft beschenkt. Die Graduate School der UT und das Texas Institute of Letters haben mir das Dobie Paisano Fellowship verliehen, das es mir ermöglicht hat, dieses Buch zu vollenden, und das mich davon überzeugt hat, dass es sich lohnt, Risiken einzugehen.

Richard Abate hat einem Nobody ohne Veröffentlichung einen Vertrauensvorschuss eingeräumt und das Unmögliche möglich gemacht.

Stefan Merrill Block hat bewiesen, dass ohne die Großzügigkeit edelmütiger Fremder nichts geht. Dieses Buch wäre ohne seine Begeisterung ein Manuskript geblieben.

Nan Graham hat vom ersten Tag an an den Schriftsteller geglaubt, von dem noch nie jemand gehört hatte, und hat ihn unterstützt. Dank ihr wurde Scribner meine Heimat – was könnte man da noch hinzufügen? Ist das zu glauben? Mir gelingt es immer noch nicht.

Liese Mayer, meine unfassbar geniale und großmütige Lektorin, hat die Arteagas zum Leben erweckt. Ihr unerschöpflicher Enthusiasmus und ihre Intelligenz haben aus einem Entwurf voller Schwachstellen das gemacht, was Sie gerade gelesen haben. Ohne ihre einfühlsame Weisheit wäre es ein wesentlich schwächeres Buch geworden.

Alex Merto, Mia Crowley-Hald, Erich Hobbing und Kyle Kabel haben geholfen, ein Buch herzustellen, das super aussieht, und Kyle Radler hat geholfen, es an die große Glocke zu hängen.

Heera Kang, Lindsey Campion, Corinne Greiner, Kendra Fortmeyer, Ryan Bender-Murphy, Fiona McFarlane, Mary Miller, Greg Marshall, Monica Macansantos, Jeff Bruemmer, Ben Healy, Kate Finlinson, Taylor Flory Ogletree, Corey Miller, Carolina Ebeid, Virginia Reeves, Ben Roberts und die anderen Mitschreiberlinge von der UT, Buddy Macatee, Liz Cullingford, Nina McConigley, Luis Alberto Urrea, Kevin Mellvoy, Matt Mendez, Myronn Hardy, Mike Scalise, Annita Sawyer, Kim Dana Kupperman, Eduardo Corral, Tomás Morín, Ben Fountain, Cristina Henríquez, Alfredo Corchado, Sarah Bird, Tom Zigal, Mary Helen Specht, Tyler Stoddard Smith, Francisco Goldman, Steph Opitz, Mark Doty, Elizabeth Gollan, Cecilia Ballí, Juan Pablo Villalobos, Daniel Alarcón, Carolina Guerrero, Laura Martínez, Sharan Saikumar, Elena Vega, Loren Corona, Javier Garza, Pam Naples, Edward Schumacher-Matos, Mark Stacey, Jorge Luis Sierra, Gabo Sama, Mara Behrens, Chucho del Toro, Lolbé Corona, Ana Paula Ayanegui, Rocío Mino, Orieta Barbetta, José Antonio Herrera, Aidee Salinas, Lorena Flores, Samuel Belilty, Mike Gaytán, Jesus Chavez, Luis Patiño und alle anderen bei KAKW, Joel Salcido, Susana Guzmán, Aarón Sánchez, John Miguel and the Calverts, Marcia Brayboy, Nancy Rushefsky, Bonnie Lister, Maarit und Sami Laurinen, Joao Andrade, Eric Thuau, Concha Fuente, Julià Monsó, Cristina Marzá,

Dinorah, Fabiola, Mónica and Ofelia Rojas, Cata Laborde, Mariana Ortiz, Javier Pérez-Ilzarbe, Christel Peyrelongue, Federico Ortiz, Pedro Ortiz, Griselda Ruiz, Enrique Ruiz, tía Flor, tío Jorge und Jorgito haben allesamt Dinge gesagt, die mich bewogen haben, dranzubleiben.

Carlitos Gutiérrez war stets an meiner Seite, von Santa Fe bis zum St. Mark's Place.

Neto Corona ist und bleibt der Bruder, den ich immer haben wollte, schon seit Jahrzehnten.

Meine Mom ist immer meine Mom gewesen, die ganze Zeit über.

Emiliano und Guillermo haben den besten Teil meiner Geschichte geschrieben, aber locker. Was war das Leben öde, bevor ihr beiden aufgetaucht seid!

Und am Anfang und Ende von allem, was ich bin, ist, war und wird immer Valentina sein. Meine erste und letzte Leserin, mein Mantra, mein Zuhause. Die schönste Madrileña der Welt, die Plaudertasche aus Montevideo, die mir das Leben gerettet hat.